Maeve Brennan BLUEBELL

Maeve Brennan

BLUEBELL

Aus dem amerikanischen Englisch
von Hans-Christian Oeser

Erzählungen | Steidl

INHALT

EINE
GROSSE
BIENE

Eine große Biene, die der Wind an den Saum des Atlantischen Ozeans getragen hatte, lag zappelnd auf dem Rücken. Sie versuchte, sich aus dem nassen Sand zu befreien. Doch der Wind blies in einem fort, mehr und mehr Sand wehte über die Biene und hüllte sie ein, und als Mary Ann Whitty, die ihren Hund spazieren führte, des Weges kam, war von der Biene nichts weiter zu sehen als ein winziger Sarg aus Sand, aus dem schwach ihre schwarzen Beinchen hervorwinkten.

Das war letzten April, am Strand von Amagansett, und zuerst glaubte Mary Ann, eine Art Meeresinsekt vor sich zu sehen, etwas, das im Sand hauste. Aus Farbe oder Form ließ sich nicht schließen, dass dort eine Biene lag, auch deutete nichts darauf hin, dass das Geschöpf Flügel hatte, nur an den schwarzen Beinchen konnte sie erkennen: Etwas dort war am Leben und wollte am Leben bleiben. Mit einer großen Muschel grub sie dieses Etwas aus, trug es auf den trockenen Sand weiter oben und versuchte, es umzudrehen, damit es wieder krabbeln oder seine Flügel entfalten und das Gleichgewicht wiederfinden oder davonfliegen oder sich einbuddeln oder tun könnte, was immer es eben tun musste. Aber das Geschöpf vermochte sich nicht auf den Beinen zu halten, sondern fiel ständig wieder auf den Rücken, und es dauerte nur eine Minute, bis der Wind es aufhob und zurück zum Wasser blies. Die Flut setzte ein. In ihrer Manteltasche hatte Mary Ann einen Seidenschal. Den holte sie jetzt hervor und eilte der Biene nach – noch wusste sie nicht, dass das Geschöpf eine Biene war –, grub sie erneut aus und legte sie auf den Schal, den sie an seinen vier Zipfeln zu einem Beutel zusammenband.

Während Mary Ann die Biene rettete, hatte Bluebell, ihre ziemlich feiste schwarze Labradorhündin, sich prächtig amüsiert. Sie war auf eine

Reihe Möwen zugestürmt, die in einiger Entfernung am Saum des Wassers Wache standen, und hatte ihnen den Nachmittag verdorben, indem sie sie alle in die Luft scheuchte. Jetzt rannte sie wieder zu Mary Ann zurück, und die beiden setzten ihren Spaziergang fort, bis sie zu dem Durchlass zwischen den Dünen gelangten, von der ein Pfad zu ihrem Haus führte. Als Mary Ann den sandigen Pfad entlangging, warf sie einen Blick in den Seidenbeutel, um herauszufinden, ob das Insekt sich so weit erholt hatte, dass sie es freilassen konnte. Da erst merkte sie, dass sie eine Biene bei sich trug und dass die Biene noch immer halb mit Sand bedeckt war, und sie dachte: Ich werde sie mit nach Hause nehmen, sie trocknen lassen und abwarten, was sie als nächstes zu tun gedenkt.

Auf halbem Weg bot sich ihr ein Anblick, mit dem sie schon gerechnet hatte – aus dem Unterholz am Rand des Waldes kamen ihr die Katzen entgegen. Sie nahmen sich Zeit und streckten sich oft, als sie die Böschung herab zur Straße kamen. Dort ließen sie sich schwerfällig nieder und beobachteten Mary Ann gähnend. Als diese sich ihnen näherte, standen sie auf und warteten auf eine Begrüßung, die jeder von ihnen, jeder Einzelnen, zuteil wurde. Auch Bluebell wollte sie begrüßen, doch sie wichen voller Abscheu zurück, denn vom Meerwasser war Bluebell ganz nass und salzig. Dann rannten alle Katzen auf einmal nach Hause zurück, wie Schaukelpferde rannten sie, mit gebogenem Schwanz. Bluebell, müde vom Schwimmen, war zufrieden, neben Mary Ann dahinzuzockeln. Durch die Biene wurde der Schal nicht schwerer. Ebenso gut hätte er leer sein können. Ein Stück weit war auf beiden Seiten der Straße Wald zu sehen, dann nur noch auf einer Seite, denn rechter Hand waren Bäume gefällt worden, und dort stand das Haus, in dem sie wohnte. Allerdings stand es auf einer Anhöhe, und von dort bot sich ein unverstellter Blick über die Baumwipfel auf die Dünen und über die Dünen auf den Ozean. Die Böschung, die von der Straße zum Haus anstieg, war mit breiten, unregelmäßigen Stufen versehen, und vor dem Haus befand sich eine hölzerne Veranda.

Sie ging hinein und legte den Schal auf den Tisch. Sie zündete das Kaminfeuer an, goss Milch in eine Schale und lockte die Katzen damit auf die Veranda, dann schloss sie die Tür hinter ihnen, schloss sie aus. Danach knotete sie den Schal auf und betrachtete die Biene. Diese ruderte noch immer schwach mit den Beinchen, und der Sand fiel von ihr ab. Mary Ann überließ sie sich selbst und setzte sich an den Kamin. Bluebell legte sich neben sie, bettete den Kopf auf die Kaminplatte und schloss die Augen. Wenn sie das tat, hatte Mary Ann immer Angst, Bluebells Hirn könnte anfangen zu kochen, doch als sie Bluebell ansprach, öffnete diese ein ruhiges Auge und schloss es dann wieder.

Bluebell bellte fast nie, aber wenn sie zu lange vor dem Haus gewartet hatte, wenn sie die Geduld zu verlieren begann und befürchtete, dass die Tür sich nie mehr öffnen werde, beschwor sie von einem Punkt in ihrem Schädel einen Laut herauf, der anfangs so dünn und überirdisch klang, dass man ihn ätherisch nennen könnte – ein ätherischer Ton von weit, weit her.

Dieser Laut fiel rasch zu einem gewöhnlichen, anhaltenden Gewinsel ab, das sich wiederum sogleich zum beschämendsten Ausdruck ihrer Ungeduld, Furcht und Wut wandelte: einem langgezogenen und so durchdringenden Wimmern, dass niemand, der es hörte, es je wieder hören wollte. Als Mary Ann jetzt am Kamin saß und darauf wartete, dass die Biene zum Leben erwachte oder eben nicht, wusste sie, dass auch in ihrem Hinterkopf etwas gewinselt hatte, und wie sie so lauschte, wurde das Gewinsel zu einer Stimme, denn was sie da hörte, war kein Wimmern, sondern eine Tirade, die ihr wohlvertraut war, weil sie in gewissen Abständen von einem Ort in ihrem Gehirn ertönte, wo zufällige Einsichten, zu denen andere Menschen über sie gelangt waren, wuchsen und wucherten und sich vermehrten, ganz wie das Unkraut, das sie waren. Sie besaßen eine unkrautähnliche Kraft, eine unkrautähnliche Hartnäckigkeit, ein unkrautähnliches Leben und ihre eigene unkrautähnliche Wahrheit, und Mary Ann unterstützte sie und gestattete ihnen, zu existieren und sich auszudrücken, denn sie konnte sie sich leisten. In dem Augenblick, da sie in ihrem Geist Wurzeln schlugen, konnte sie sie sich noch nicht leisten, nach langem Kampf aber akzeptierte sie sie – damit meine ich, dass sie ihnen Platz einräumte. Es gibt Naturen, die sich ausdehnen können, um alles einzuschließen, selbst die Dinge, die eigentlich weggeworfen gehören.

Mary Ann vernahm die Stimme ihres Gewissens, die ihr natürlich vertraut war, auch wenn sie mit ihrer eigenen Stimme nicht mehr Ähnlichkeit hatte als Bluebells unangenehmes Wimmern .mit Bluebells gewöhnlichem, sanftem Schweigen.

Die Biene wäre jetzt längst tot. Warum gibst du dich mit all diesen Geschöpfen ab? Warum lässt du sie nicht einfach in Frieden? Die Feldmaus, die die Katzen heute Morgen hereingebracht haben, lebt schon den ganzen Tag in der Schachtel, die du für sie im Schlafzimmer hergerichtet hast, und wartet darauf, dass es endlich dunkel wird. Dann wirst du sie wieder hinausbringen, und die Katzen werden sie wieder fangen, und in jedem Fall hält die Zukunft nichts als Furcht und die Suche nach Nah-

rung für sie bereit. Als die Katzen sie hereinbrachten, war sie tot, du aber musstest sie unbedingt wieder zum Leben erwecken. Warum lässt du diese Tiere nicht in Frieden? Genauso war's mit den Kaninchenjungen, dem Streifenhörnchen und all den anderen. Nichts als Selbstsucht. Warum lässt du die Dinge nicht auf sich beruhen? Lass sie in Frieden. Hör auf, dich einzumischen. Die Natur muss ihren Lauf nehmen ...

Plötzlich herrschte im Zimmer helle Aufregung, und Bluebell sprang auf, als wäre sie gestochen worden. Nein, sie war nicht gestochen worden. Aber die Biene hatte all ihre Kraft gesammelt, war zu energischem Leben erwacht und kampfbereit. Mit lautem Gesumm sauste sie umher und versuchte, durch das hintere Fenster zu entkommen, das auf eine Grünfläche mit ein paar Bäumen hinausging. Am unteren Ende gab es ein Blumenbeet mit blühenden Osterglocken. Mary Ann öffnete das Fenster, und die Biene flog hinaus. Sie war so groß, dass Mary Ann ihren Flug über eine weite Strecke verfolgen konnte. Sie schien wieder bei Kräften, und sie schien zu wissen, was sie tat. *Diese Biene wird sich vom erstbes-*

ten Wind wieder zum Ozean tragen lassen, sagte die Stimme. *Du hast ihr nichts genützt. Sie ist einfach dumm, sonst wäre sie nicht vorhin schon dorthin geweht worden ...*

Mary Ann ging in die Küche, um den Teekessel aufzusetzen. Alles wahr, sagte sie zu sich selbst. Kein Zweifel, alles, was du sagst, ist wahr.

DIE KINDER SIND SEHR LEISE, WENN SIE FORT SIND

Es ist ein Winternachmittagshimmel, sehr düster. Jetzt senkt er sich herab und presst die schweren Nebelschwaden, die sich über den Dünen sammeln, noch dichter zusammen. Der Atlantische Ozean, verborgen hinter den verblassenden Dünen, tost und donnert heute. Die Umrisse der Dünen verschwimmen mehr und mehr, und das riesige Haus, das oberhalb des Meeres steht, verwandelt sich in etwas Gespenstisches. Es ist ein ungeheuer klobiges Haus, mit Hunderten von rautengemusterten Sprossenfenstern und einer wuchtigen Eingangstür, zu der eine Steintreppe hinaufführt. Im Innern muss es an die achtzig oder neunzig Zimmer geben, alle mit anderem Grundriss, manche mit Balkonen. Bei klarem Wetter kann man von hier aus einige der Balkone sehen.

»Hier« ist ein kleiner Rasen, der sich mit bescheidener Genugtuung ein kleines Stück weit vor einem gedrungenen romantischen Cottage erstreckt. Mit dem liebenswerten Monstrum auf der Düne ist das Cottage eng verwandt. Es könnte aus einem Klacks Teig gebacken sein, der nach dem Bau des Riesenklotzes auf der Düne übrig geblieben war. Sie ähneln einander, und das Cottage weist ebenfalls eine wuchtige Eingangstür und rautengemusterte Sprossenfenster sowie große Balken und ein Lebkuchendach auf.

Im Sommer wird das Haus des Riesen von sieben Kindern bewohnt, das Cottage beherbergt eine schwarze Labradorhündin und fünf hübsche Katzen, allesamt Promenadenmischungen. Die Hündin heißt Bluebell und ist fast sechs. An einem trostlosen Tag wie heute bleiben die Katzen im Haus. Sie schlafen oder sitzen auf den Fensterbänken und haben für nichts ein Auge.

Am Rand der Auffahrt jedoch, die den kleinen Rasen von dem großen trennt, welcher zu den Dünen führt, liegt Bluebell auf der Lauer, einen großen Röhrenknochen zwischen den Vorderpfoten, den Kopf zu dem großen Haus dort in der Ferne gewandt. Bluebell wird sich fragen, weshalb die Kinder nicht auftauchen. Immer sind sie aus allen Richtungen aufgetaucht und haben sich auf sie gestürzt, es sei denn, Bluebell war zuerst bei ihnen. In einem Schwarm weißer Shorts und weißer Hemden kamen sie aus dem Haus und über den Rasen geschossen, doch erst, wenn sie sicher sein konnte, dass die Kinder wirklich auf sie zugerannt kamen, überquerte Bluebell die Auffahrt und betrat ihr Gras. Noch während die Kinder auf sie zu rannten, riefen sie ihren Namen, und je kürzer der Atem und je näher die Stimmen, desto lauter erklang ihr Name, und dieser Klang erfüllte Bluebell mit einer Freude, die nur wachsen konnte, denn weder die Energie der Kinder noch ihre Zuneigung zu ihr kannten Grenzen. »Bluebell. *Brave* Bluebell, brave *Bluebell*.« Noch nie hatte es so viele Stimmen gegeben, die sie gleichzeitig riefen, so viele Beine, um die sie herumtollen, oder so viele bewundernde Gesichter, die sie beobachten und beglücken konnte. Sie alle zu beglücken, sie immerfort zu beglücken – das war ihre Pflicht, ihre einzige Pflicht, und nie zuvor hatte sie ihre Pflicht so deutlich erkannt, sie so einfach oder interessant gefunden oder sich so wertvoll gefühlt. Bluebell war ein Hund und führte sich auf wie ein Hund. Sie vergaß ihr fortgeschrittenes Alter, ihr Zuviel an Gewicht und ihre graue Schnauze und tobte umher wie ein Welpe, wie ein Mustang, wie ein Katzenjunges.

Im kurzen Gras fand sie einen Schatz, und nachdem sie ihn wichtigtuerisch beschnüffelt hatte, quälte sie ihn ein paar Sekunden lang mit den Pfoten, bevor sie aufsprang und ihn zurückließ, wie er war: unsichtbar. Sie wusste zu unterhalten wie ein Hund. Ausgestreckt lag sie auf dem Rücken, und ihre riesige Brust hob und senkte sich dramatisch. Wenn sie auf dem Rücken liegt, wirkt sie grotesk, ein verletzliches Ungetüm. Dort auf dem Rasen, im Sonnenlicht,

könnte sie auch ein Opfertier sein. Ihre Vorderpfoten hängen leer und ziellos in der Luft, die
großen, weichen Ohren, die sie züchtig und traurig aussehen lassen, sind umgeklappt. Jetzt ist
ihr Gesicht entblößt und wild. Auch ihre Augen
sind wild; sie nehmen nichts auf. Wenn die Kinder sehen, wie rätselhaft das vertraute Geschöpf
wird, sind sie erstaunt und bilden einen Kreis um
sie. Sie sind verlegen, weil Bluebell ohne jede
Scham ist, und versuchen, sich mit Gelächter Luft
zu machen. »Seht euch Bluebell an. Sie ist so lustig.« Wer ist Bluebell jetzt, und was ist sie? Sie
ist nicht sie selbst. Das kleinste Mädchen be-
schließt, dass Bluebell eine Sitzbank ist, und lässt
sich schwerfällig auf ihr nieder, an der weichsten
Stelle, auf dem Bauch. Bluebell springt unsanft
hoch und nimmt wieder ihre richtige Gestalt an.
Jetzt ist sie wieder ein Hund und steht auf vier
Beinen. Die Kinder begrüßen ihre Rückkehr, indem sie ihren Namen rufen: Bluebell, Bluebell,
Bluebell. Bluebell wedelt mit dem schweren
Schwanz und fordert die Augen, die sie beobachten, mit ihren eigenen Augen heraus, dann

rast sie davon, und alle rasen hinter ihr her. So ist sie noch nie verfolgt worden. So berühmt oder gefeiert war sie noch nie. Ihr Name ist auf jedermanns Lippen. Sie hat ihre wahre Stärke gezeigt. Sie ist der einzige Hund auf der Welt.

Aber jetzt ist Winter, mit jenem kalten Winterwetter, das sich so gut zum Spielen eignet. Sie wartet schon seit Stunden, eigentlich seit dem letzten Sommer, und die Kinder sind nicht aufgetaucht. Wenn sie getreulich Wache hält, werden sie auftauchen. Normalerweise kommen sie um diese Zeit aus dem Haus. Wenn sie kommen, dann um diese Zeit. Bluebell stößt den alten Knochen mitten auf die Auffahrt und holt ihn wieder zurück, dann nimmt sie neuerlich ihre würdevolle Haltung ein, die Pfoten akkurat zusammengelegt, als läge sie auf ihrem eigenen Grab auf der Lauer. Den Kopf hat sie dem Haus auf der Düne zugewandt. Es verliert sich im Nebel. Das Haus ist verschwunden. Bis auf das Tosen des Meeres in der Ferne ist kein Geräusch zu hören, und dieses Tosen bedeutet Bluebell nichts.

Wozu sich ins Meer stürzen und den Wellen trotzen, wenn es dafür keine Zeugen gibt? Der Rasen ist leer, er entschwindet im Nebel, und die Luft ist still geworden. Keine Stimme ruft von der Düne herab. Es gibt keine Bluebell. Ihr Name ist verloren gegangen. Sie war der einzige Hund auf der Welt, jetzt ist sie nur irgendein Hund. An allem sind nur die Kinder schuld, ihre Abwesenheit. Sie sind an allem schuld. Sie sind zu leise. Für die Stille, für den Verlust sind sie verantwortlich. Bluebell hebt den Blick von der Düne und legt die Schnauze auf den blanken Knochen zwischen ihren Pfoten. Sie döst. An allem sind nur die Kinder schuld. Die Kinder sind leise, weil sie fort sind. Aber was heißt fort, und was heißt hier? Bluebell ist hier, Bluebell schläft. Jetzt ist Bluebell fort, bei den Kindern, die hier so leise sind.

KOMMEN UND GEHEN IN NIMMERNIMMERLAND

East Hampton, Unabhängigkeitstag, kurz vor dem Morgengrauen – sehr frühmorgendliche Teestunde. Mary Ann Whitty blickte ihrem Hund Bluebell in die braunen Augen und dachte: Der Hund ist brav und freundlich, Katzen aber haben Stil ... Sie saß in ihrem Wohnzimmer, das ihr bemerkenswert vorkam, denn es gehörte ganz allein ihr und enthielt ihre Möbel, ihre Bücher, ihren Hund und ihre Katzen. Die Möbel waren schäbig, die Bücher waren abgegriffen und wiesen Spuren langer Lagerung auf, jede Katze hatte ein anderes Fell, und Bluebell, die schwarze Labradorhündin, war nicht so unbeschwert, wie ein Hund ihres Alters und ihres Temperaments hätte sein sollen. Bluebell hatte zu viel Zeit in zu vielen verschiedenen Tierheimen verbracht.

Mary Ann machte sich nichts daraus, dass ihr Haushalt ein bisschen heruntergekommen war. Ihr lag daran, dass alle ihre Besitztümer an einem Ort versammelt waren. Sie bewunderte das Zimmer, das sie sich eingerichtet hatte, sie bewunderte alles darin. Sie war so zufrieden mit sich, ihren Besitztümern und ihrer Einrichtung, dass sie selbst das bewunderte, was ihrem Haus fehlte. So besaß sie zum Beispiel – ein ganz einfaches Beispiel – keinen Esstisch. Sie wusste, dass sie einen richtigen Tisch brauchte, einen richtigen Platz zum Essen, und dass ihr Leben ohne einen solchen Tisch nur ein Provisorium war, sie dachte aber auch, dass Provisorien sehr gut zu diesem merkwürdigen kleinen Haus passten, einem Haus, dem etwas so Vorläufiges anhaftete, dass sie sich, als sie es zum ersten Mal betrat, gesagt hatte, es sei gar kein wirkliches Haus, eigentlich überhaupt kein Haus, sondern eine Unmöglichkeit, und sie müsse es unverzüglich anmieten, denn wenn sie zu einem späteren Zeitpunkt noch einmal danach suchte, wäre es womöglich gar nicht vorhanden. Nicht, dass das

Haus so aussah, als könnte es jeden Augenblick einstürzen oder fortgeweht werden. Es wirkte solide; es hatte nichts Zerbrechliches. Aber es sah nicht so aus, als gehöre es hierher, an den Saum des Meeres.

Mary Ann hatte einen Freund, der in Jubel ausbrach, als er das Haus zum ersten Mal sah. »Das ist kein Haus am Meer«, sagte er. »Ganz gewiss kein Haus in East Hampton. Es steht irgendwo anders. Es ist ein Stadthaus. Nein, es ist ein Haus mitten im Wald. Ich glaube, im Schwarzwald. Es ist eine *folie*. Was immer es ist, es ist nichts Wirkliches – jedenfalls kein wirkliches Haus. Und warum hat man es seitlings gebaut?«

Statt auf den Ozean zu blicken, der so nah war, dass man Tag und Nacht die Wellen rauschen hörte, blickte das kleine Haus auf seinen Rasen – eigentlich nur ein Grasstreifen, den man von der großen Rasenfläche abgeschnitten hatte, die sich von dem großen Haus auf der Düne herabsenkte, dort, wo die sieben Kinder wohnten, allesamt Freunde von Bluebell. An der Längsseite von Mary Anns Haus befand sich, hinter einer hohen Hecke verborgen, ein hübscher, einfacher Blumengarten, der von einem kleinen Apfelgarten zu einer Wiese mit hohen Gräsern abfiel. Bluebell streifte unerlaubt zwischen den Apfelbäumen umher, und die Katzen hatten die wilde Wiese unerlaubt zu ihrem Jagdrevier auserkoren. Das Blumenbeet auf Mary Anns Seite der Hecke, das die Länge des Rasens säumte, war auffallend vernachlässigt, doch die Osterglocken, die Rosen und die Malven, die vor etlichen Jahren dort angepflanzt worden waren, blühten noch immer zur rechten Zeit, wie um allen vorzuführen, was sie einst gewesen waren und was sie noch sein könnten, wenn ihnen nur jemand ein wenig Unterstützung zukommen ließe.

Manchmal spazierte Mary Ann von ihrer Haustür zu dem Kiefernhain, der ihren Rasen vom Golfplatz trennte, und wenn sie dort entlangspazierte, betrachtete sie das Gewirr aus Unkraut und welken Schlingpflanzen, das die Blumenbeete erstickte, und dachte: Es ist eine Schande. Aber das Wort »Schande« kam ihr ganz friedvoll in den Sinn und verursachte ihr keinerlei Unbehagen. Dass sie Garten- so wenig wie Näharbeiten verrichtete, entschuldigte sie mit der Behauptung, schlichtweg kein Talent dafür zu haben. Was Dinge betraf, die sie *nicht* tat – sie fuhr kein Auto, gärtnerte nicht, nähte nicht –, so neigte sie zu einem gewissen Eigensinn, und etwas von dieser Geisteshaltung zeigte sich auch darin, dass sie sich ebenso aufrichtig zu dem beglückwünschte, was ihrem Haus fehlte, wie zu dem, was es enthielt. Denn trotz allem, was ihm fehlte, und trotz seines vorläufigen Aussehens hatte das Haus etwas Fröhliches, ja Einladendes. Das macht die hohe Decke, dachte Mary Ann, das machen die Bücher, und der große Kamin und der malvenfarbene Kaminvorleger, die eine heitere Atmosphäre verbreiten. Und sowieso ist das Haus gutherzig, dachte sie, genau wie ich, ob wir's wollen oder nicht.

Es war absurd, das kleine Haus mit seiner hochherrschaftlichen Eingangstür und seinen gewaltigen rautengemusterten Sprossenfenstern, die mehr Holz als Glas aufwiesen, mit seinen hohen schwarzen Deckenbalken, die nicht sehr alt und völlig überflüssig waren, mit seinen gebogenen eisernen Haspen, Klinken und Beschlägen an sämtlichen Türen – sogar an der Badezimmertür. Dauernd gingen die Beschläge ab und landeten laut scheppernd zu Mary Anns Füßen, und ständig musste sie auf allen vieren nach den langen schwarzen Stiften suchen, mit denen sie an den Türen befestigt waren, bis sie den nächsten Anfall von schlechter Laune hatten – was Mary Ann aber nicht weiter störte. Immer wieder verlor das Haus irgendwelche Kleinigkeiten, und sie brachte Stunden damit zu, nach verlorenen Papieren zu suchen – Briefe, Rechnungen, Listen, alte Scheckhefte, die ihr verraten würden, wo all das Geld geblieben war –, aber sie blieb beharrlich, genau wie das Haus, und dachte: Solange mir nur niemand Fragen stellt, wird sich schon alles finden.

Ihr Haus war eng verwandt mit dem Haus auf der Düne, in dem die sieben Kinder wohnten. Das Haus der Kinder war wirklich riesig – Hunderte von Zimmern, in die Form eines Cot-

tage gepresst und von einem tiefhängenden Schindeldach bedeckt. Es war kurz nach dem Ersten
Weltkrieg errichtet worden, und am Ende des
stattlichen Rasens hatte man eine Miniaturaus-
gabe für den Hausmeister erbaut, das Cottage
von Mary Ann. Die Leute, die in dem großen
Haus gelebt und einen Hausmeister eingestellt
hatten, waren schon vor Jahren ausgezogen, und
nunmehr hatten es die sieben Kinder in Besitz.

Mary Ann, der Neuankömmling, wusste
nicht, wann genau Bluebell und die Kinder einander entdeckt hatten. Sie stellte sich vor, dass
Bluebell eines Morgens oder eines Nachmittags
auf dem Gras in der Sonne gelegen hatte. Vielleicht hatte sie, als sie ihren großen Kopf hob,
ein Paar nackter Beine, mehrere Paare nackter
Beine erblickt, die in sicherer Entfernung auf
ihrer eigenen Seite der Auffahrt standen, jener
Auffahrt, die die Kinder von Bluebells Privat-
grundstück trennte. Bestimmt waren die Kinder
wachsam und fluchtbereit, falls der fremde Hund
wütend werden sollte. Bluebell war sehr schwarz,
ihr massiger Körper war mit einem glänzenden

glatten Fell bedeckt, einem ansehnlichen Pelz, ihre Schnauze aber war grau, und irgendwie sah Bluebell lustig aus. Lustig oder nicht, sie hatte lange scharfe Zähne und große Pfoten, mit denen sie ihre Beute zu Boden drücken konnte, falls sie sich dafür entschied, Beute zu machen. Die Kinder mussten sich über sie gewundert haben. Bluebell dürfte es nicht für nötig gehalten haben, sich zu wundern. Was sie sah, war das, was sie immer sah – nicht etwa Kinder oder Vögel oder Katzen oder Mäuse, sondern hochinteressante neue Ausprägungen jener Freundlichkeit, die allem, was lebte, zu eigen war und von der sie meinte, dass sie nur für sie bestimmt sei. Wenn etwas lebte, bewegte es sich voran, und ob es sich nun voranbewegte, indem es kreuchte oder fleuchte oder tapste oder rannte oder hüpfte oder einfach nur wie ein Papierfetzen über den Rasen wehte, Bluebell wollte es für sich haben. Die neue Erscheinung, so nah und ganz unbekannt, musste sie mit Freude erfüllt haben. Vierzehn Beine, sieben Gesichter und ein Gewirr von Stimmen – all das wartete nur darauf, dass sie es für sich in Anspruch nahm. Vermutlich hatte sie ihren Werbefeldzug sofort begonnen, indem sie mit ihrem schweren Schweif eine lebhafte Ouvertüre auf den Boden klopfte.

Mary Ann konnte sich dies alles nur vorstellen. Eines aber stand fest: Während der Morgen- und der Nachmittagsstunden schmückte Bluebell nicht länger die Fassade des Hauses. Inzwischen war sie ständig unterwegs, folgte den Kindern in deren Haus und kam wieder herausgerannt oder bummelte mit ihnen am Strand entlang, über den Golfplatz und sogar bis ins Dorf. Inzwischen konnte sie dem ewigen Geheimnis, das von ihrem tierhaften Schweigen gehütet oder gefangen gehalten wurde, ein weiteres Geheimnis hinzufügen. Sie hatte eine neue, eine eigene Welt, frei von Katzen und frei von Mary Ann. Ihre Unabhängigkeit stellte sie jedoch nur in jenen Momenten zur Schau, da sie aus dem Haus ging oder ins Haus zurückkehrte. Wenn sie dieser Tage morgens ausging, war sie zielstrebig und lenkte ihren Blick sogleich zu dem Haus auf der Düne, um zu sehen, ob sich draußen schon jemand herumtrieb. Und wenn sie zurückkam und ihr die eigene Tür aufgemacht wurde, stürmte sie atemlos ins Haus, warf sich auf den Fußboden und konnte vor lauter Erschöpfung und Wichtigkeit nicht sprechen. Keuchend klopfte sie mit dem Schwanz auf den Boden, und ihre Augen schweiften wild im Zimmer umher und forderten alles, was sie sah, für sich ein, vor allem aber Mary Ann. »Ich habe dich erwählt«, sagten Bluebells Augen zu Mary Ann, »dich, dich«, und ihr leidenschaftlicher Blick heftete sich auf die Küche, wo bereits das Abendessen wartete.

Die Katzen waren träge und an der ganzen Aufregung nur mäßig interessiert. Die größte von ihnen, die hell orangefarbene, setzte sich auf, dann erhob sie sich ganz, streckte sich, legte sich wieder hin und wickelte sich in ihren eigenen Pelz. »Ich ignoriere dich«, sagte jede der Katzen und öffnete die Augen gerade mal so weit, dass sie einen Lichtschimmer erkennen ließen, dann schloss jede wieder die Augen und sagte wie immer: »Ich habe mich selbst erwählt.«

Doch der Zeitpunkt war gekommen, da sich East Hampton mit seinen Wellen und seinem

Sand, seinem Golfplatz und seinen Teichen mit wilden Wasservögeln, seiner eleganten Hauptstraße und seinem grünen Hügelfriedhof im neuen Licht noch einmal ganz ursprünglich offenbaren würde. Mary Ann hörte die ersten Vögel, die kleinsten, die gegen Ende der Dunkelheit unvermittelt singen. Sie lauschte ihren süßen Stimmen, dann stand sie auf und ging zur Haustür, um sie zu öffnen. Draußen war es noch immer Nacht, doch die Dunkelheit hatte sich in Büsche und Bäume zurückgezogen. Sie sah, wie alles am Himmel sich verschob. Dies war der Zeitpunkt, den sie am liebsten mochte, bewies er doch, dass sie recht hatte und nichts wirklich war. Außerdem war es der Augenblick, da die Katzen hinausgingen, um zu töten. Sie blickte sich im Zimmer um und sah die große orangefarbene, die kleine schwarze, ihren Liebling, die langhaarige wilde und die stille mehrfarbige. Nur Tom, der heimliche Jäger, war abwesend. Tom jagte allein, weit weg, aber ins Haus brachte er seine kleinen Opfer Gott sei Dank nie. Mary Ann ging durch das leere Zimmer mit dem blauen Fußboden, das zu ihrer kleinen Küche führte, erhitzte in einem Topf Milch und setzte sie in der Hoffnung, sie zu Schlaffheit und Schlaf zurücklocken zu können, den Katzen vor. Sie löschte das Licht in der Küche und betrachtete die blassblaue Welt dort draußen. Es war fast die Zeit, zu der die Möwen ihren Marsch ins Landesinnere antraten. Zu gern wäre sie hinausgegangen, um sie zu beobachten, doch an dem einen Morgen, als sie tatsächlich hinausgegangen war, hatte ihr langer weißer Bademantel die Möwen erschreckt; sie waren auf und davon geflogen und hatten sich laut kreischend darüber empört, dass sie ihnen den Tag verdorben hatte.

Sie ging nach oben und stellte sich an ihr Schlafzimmerfenster, von dem aus man aufs Meer blicken konnte. Gerade eben erschienen die Möwen, sie kamen vom Strand und reihten sich auf der langgestreckten Anhöhe am Rand der Straße zum Meer auf. Dann traten sie ihren Marsch an. Wie immer nahmen sie den Pfad, der schräg über den Golfplatz und den Rasen der Kinder zu Mary Anns Haus führte. Schon waberte es auf dem

Golfplatz gespenstisch von Möwen, und sie setzten ihren Vormarsch fort, weiße Vögel, die immer weißer und immer größer wurden, je näher sie kamen. Alle gingen zu Fuß. Die wenigen, die aufflogen, landeten gleich wieder und gingen weiter. Einige breiteten ihre Flügel aus, sie segelten im Gehen. Jeden Morgen kamen sie diesen Weg entlang, mal waren es mehr, mal weniger, und immer blieben die Anführer am Ende der schmalen Auffahrt stehen, die Mary Anns Rasen von dem der Kinder trennte. Ein paar Schritte mehr, und die Möwen wären bis zu den Mauern ihres Hauses vorgedrungen, doch diese letzten paar Schritte taten sie nie, und so nahe sie auch kommen mochten, immer wirkten sie weit entfernt. Sie schritten einher wie Kaiser oder wie Jockeys oder wie Stoiker. Sie kannten den Ozean und hielten bei ihm Wacht, in Reih und Glied wie ein Regiment, und sie kreischten wider die Langmut und schritten ihrer Gesundheit zuliebe auf teurem Rasen einher, und Mary Ann hatte das Gefühl, dass die Möwen auch sich selbst kannten, und war verblüfft von ihnen. Sie waren unbezähmbar. Man musste sie nicht bemitleiden oder um sie bangen. In Mary Anns Vorstellung waren sie lebende Steine, die bei einem langen und dramatischen Sturz in längst vergessenen Zeiten zu ihrer Rettung Flügel entwickelt hatten.

Jetzt erreichten die Anführer das Ende der Auffahrt, das Ziel ihres Marsches, und ordneten eine Pause an, eine Generalpause, die auch für die Möwen auf dem Rasen und auf dem Golfplatz galt, dann stoben sie alle auf und flogen zurück zum Meer. Zuzusehen, wie die Möwen sich entfernten, war so, als sähe man zu, wie es aufhörte zu schneien. Man konnte nicht sagen, wann die letzte Flocke fiel, und man konnte nicht sagen, welches die letzte Möwe war. Mary Ann wandte sich vom Fenster ab und blickte auf ihr Bett, das sehr ausladend war und den größten Teil des Zimmers einnahm. Sie hatte die Schlafzimmertür hinter sich geschlossen, doch Bluebell war mit ihr hereingeschlüpft und lag jetzt demütig zusammengerollt auf einem Zipfel der rosafarbenen Steppdecke. »Na gut, Bluebell«, sagte Mary Ann, »solange du hier bist.« Sie legte sich hin, zog die Decke über sich und schlief in dem reulosen Wissen ein, dass die Sonne aufgegangen war.

Spät am Vormittag, hellwach und endlich angekleidet, hörte sie die Kinder in ihrem Vorgarten und ging hinaus, um ihnen einen fröhlichen Nationalfeiertag zu wünschen. Am Abend wollten die Kinder sich das große Feuerwerk anschauen. Mary Ann würde nicht hinfahren. Die Kinder neckten Bluebell, während sie sich mit Mary Ann unterhielten, und während sie sich mit Mary Ann unterhielten, schlenderten sie unentschlossen zur Auffahrt. Sie wollten zum Teich, um Boot zu fahren, zögerten es aber hinaus. Sie ließen sich Zeit. Heute hatten sie wie Mary Ann alle Zeit der Welt. Es war der vierte Juli, und die Stunden verrannen nur langsam. Es gab nichts zu tun, was getan werden musste, außer auf den Beginn des Feuerwerks zu warten, und die Kinder hatten Zeit, sich ausführlich von Bluebell zu verabschieden, die nicht mit ihnen ins Boot durfte, weil sie zu schwer war. »Zu schwer und zu glitschig«, sagte der älteste Junge. Einmal hatten sie sie mit ins Boot genommen, und sie hatte das Boot zum Schaukeln gebracht.

Das jüngste Mädchen, Linnet, meldete sich zu Wort. »Womöglich hätte Bluebell uns alle ertrinken lassen«, sagte sie.

Linnet war erst sechs. Wenn die anderen losliefen, trödelte sie hinterher und rannte ihnen nach, und wenn sie wie jetzt stehen blieben, stand sie vor oder neben ihnen, immer etwas im Abseits. In diesem Augenblick kniete sie neben Bluebell im Gras. Bluebell saß mit in den Boden gestemmten Vorderläufen da und fixierte verehrungsvoll den ältesten Jungen, der bei allem der Anführer war, besonders aber bei diesem Bootsausflug, von dem sie, wie sie begriff, ausgeschlossen sein würde. Sie hatte das Verbot gehört (»Bluebell muss *bleiben*«) und war fest entschlossen, ihm klarzumachen, dass er sich schämen und es sich anders überlegen solle. Doch der älteste Junge schaute auf Linnet, die verkündet hatte, dass Bluebell sie alle womöglich hätte ertrinken lassen. »Hört sie euch an«, sagte er verächtlich. »Sie war ja nicht mal dabei.«

Der zweite Junge erwachte aus seiner Träumerei, mit der er einen Großteil seiner Zeit verbrachte. »Sie redet dummes Zeug«, sagte er bestimmt.

Linnets ältere Schwester Alice, die acht Jahre alt war und sehr verantwortungsbewusst, blickte nachsichtig auf Linnet. »Sie war nicht mal dabei«, sagte sie. »Ich selbst war auch nicht dabei«, fügte sie vernünftig hinzu.

»Ich hab ja nur gesagt, womöglich«, sagte Linnet und streichelte weiter Bluebells angespannten, unempfänglichen Nacken.

Mary Ann sah Bluebell an, die zur Mörderin hätte werden können. »Bluebell wollte euch doch nur ertrinken lassen, um euch retten zu können.«

Der zweite Junge erwachte zum zweiten Mal aus seiner Träumerei, diesmal in einem Anfall von Entschlossenheit. »Gehen wir«, sagte er so abrupt, dass Mary Ann schon glaubte, sie alle würden davonrennen, und tatsächlich scharrten sie in freudiger Erwartung mit den Füßen, zögerten aber immer noch.

Bluebell nahm ihr Schicksal mit Würde an. Sie ließ sich zu Boden sinken, legte die Pfoten zusammen und blickte an den Beinen der Kinder vorbei auf etwas, was sie nicht sehen konnten, selbst wenn sie es versucht hätten.

Linnet stand auf. »Ach, könnten wir doch jetzt schon zum Feuerwerk«, sagte sie. »Ich hab Streichhölzer. Ich hab sie auf der Straße gefunden.« Sie steckte die Hand in die Tasche ihres Kleides und holte ein abgewetztes weißes Streichholzbriefchen hervor.

Mary Ann nahm es ihr ab und öffnete es. Die Streichholzköpfe waren vom Regen aufgeweicht und nicht mehr zu gebrauchen. Sie gab Linnet das Briefchen zurück, und diese verstaute es sorgfältig wieder in ihrer Tasche. »Ich hoffe, deine Mutter weiß, dass du Streichhölzer hast, Linnet«, sagte Mary Ann. »Du weißt, Streichhölzer sind verboten.«

»Aber die sind doch fürs Feuerwerk«, sagte Linnet, und ihr Gesicht nahm den betrübten Ausdruck eines Menschen an, der sich aus früheren Zeiten an dieses Argument und die damit verbundenen Enttäuschungen erinnert und neuerliche Enttäuschungen voraussieht.

Die Jungen lachten unfreundlich und machten sich auf den Weg. »Sie glaubt, beim Feuerwerk gibt's nicht genug Streichhölzer«, sagte der älteste Junge, und der jüngste krümmte sich vor Lachen.

Selbst Alice, die sonst immer so ernst war, musste lächeln. »Linnet, du weißt doch, dass die Streichhölzer von einem Auto überfahren worden sind, und all das«, sagte sie.

Linnets Vertrauen in ihre Streichhölzer war an dem bitteren Blick abzulesen, den sie allen zuwarf. Aber ihr Triumph steckte in ihrer Tasche, und sie war unbeugsam. Sie konnte es sich leisten, auf Rehabilitierung zu warten, und dann würde sie die Lacher auf ihrer Seite haben.

Die Jungen gingen rückwärts, dann drehte sich einer nach dem anderen um, bis sie tatsächlich fortliefen. »Bis später«, riefen sie Mary Ann zu.

Einer von ihnen rief: »Wiedersehen, Bluebell«, und die arme Bluebell beging Verrat an sich selbst, indem sie aufsprang und ihnen nachstarrte, so angespannt und sprungbereit, dass sie einen Augenblick lang aussah wie der königliche Jagdhund, der sie hätte sein können und für den sie sich zuweilen hielt, im Schlaf, wenn sie sich regte und zu rennen schien, während ihr harsches Bellen den Verlauf und den ganzen Glanz ihrer Träume anzeigte.

»Bleib, Bluebell, braver Hund«, sagte Mary Ann.

»Komm, Linnet«, sagte Alice und rannte ihren Brüdern nach.

»Nein, warte einen Moment, Linnet«, sagte Mary Ann. Sie wollte ihr die Wahrheit sagen: dass die Streichhölzer nicht zu gebrauchen waren, und sie wollte ihr beweisen, dass sie nicht zu gebrauchen waren, doch stattdessen sagte sie nur kraftlos: »Du weißt, du solltest diese Streichhölzer nicht bei dir haben, Linnet.«

»Aber ich hab sie doch auf der Straße gefunden«, entgegnete Linnet.

»Na schön, ich hoffe, du wirst eine schöne Bootsfahrt haben.«

»Das werde ich«, sagte Linnet und behielt die Hand in ihrer kostbaren Tasche. »Auf Wiedersehen, Miss Whitty«, sagte sie höflich und stürmte davon.

Mary sah zu, wie sie losrannte und immer langsamer wurde, je näher sie der kleinen Gruppe kam, die am Straßenrand ungeduldig auf sie wartete. Auf der Straße herrschte reger Betrieb, Autos fuhren zum Strand oder kamen von dort zurück. Der Golfplatz war mit Gestalten getüpfelt, die sich feierlich voranbewegten und dann stehen blieben und feierlich den nächsten Schritt überlegten. Kein sehr lustiges Spiel, dachte Mary Ann. Sie wünschte, sie hätte den Mut gehabt, Linnet zu beweisen, dass sie sich nicht nur falsche Hoffnungen machte, sondern dass diese Hoffnungen zudem verwerflich waren, weil sie sich auf den Besitz streng verbotener Streichhölzer gründeten. Ich hätte es ihr sagen sollen, dachte Mary Ann traurig. Man kann es drehen und wenden, wie man will, ich hätte es ihr erklären sol-

len. Zwar glaube ich nicht, dass man Feuerwerkskörper mit Streichhölzern anzündet, und
selbst wenn, wird es genug davon geben, und
selbst wenn es nicht genug davon geben sollte,
wird Linnet viel zu weit entfernt in der Menge
stehen, um aushelfen zu können, und selbst wenn
sich eine Gelegenheit finden sollte, ihre Streichhölzer anzubieten, werden die Streichhölzer nicht
zu gebrauchen sein. So oder so wird sie enttäuscht
werden. Aber falsche Hoffnungen fühlen sich genauso an wie berechtigte Hoffnungen, und so wird
sie den Tag mit hübschen Träumen dahinbrin-
gen. Beim Feuerwerk wird sich keine Gelegenheit finden, aber das ändert nichts daran, dass ich
ihr eine Strafpredigt über Ungehorsam hätte halten sollen und dass ich ihr hätte zeigen sollen,
was mit Streichhölzern passiert, die im Regen auf
der Straße gelegen haben.

Mary Ann ging in ihr Haus und ließ die Fliegen-
tür hinter sich zufallen. Bluebell träumte davon,
Menschen vor dem Ertrinken zu retten, Linnet
träumte davon, das Feuerwerksspektakel vor ei-

nem Desaster zu bewahren, und Mary Ann träumte davon, ein stolzes sechsjähriges Mädchen davon überzeugen zu können, dass man, vor die Wahl gestellt, eine Heldin oder ein braves Mädchen zu sein, sich stets dafür entscheiden sollte, ein braves Mädchen zu sein. Nun, ich werde Linnet vor dem Feuerwerk ja noch mal sehen, dachte Mary Ann, dann werde ich mit ihr über die Streichhölzer sprechen. Zu dem Zeitpunkt wird sie so aufgeregt sein, dass es ihr gleichgültig ist. Ich werde sie zur Rede stellen. Aber ich hätte es ihr jetzt schon sagen sollen. Ich hätte sie nicht einfach so davonrennen lassen sollen. Dann vergaß sie Linnet und die Streichhölzer. Stattdessen dachte sie an das Haus, in dem sie stand und das ihr wie ein gestrandetes Schiff vorkam. Das Schiff saß mitten in dem Sommerwetter fest, in dem sich nur Bluebell wirklich zuhause fühlte. In dem kleinen Haus war es sehr still. Die Rauten zugeknöpft, das Schindeldach über die Ohren gezogen und die linke Schulter dem Ozean zugewandt, schien das Haus vorsichtig die Sommersonne zu genießen, als wüsste es, dass es kein

Sommerhaus war, kein Küstenhaus, ja nicht einmal ein wirkliches Haus. Und es war ja auch kein wirkliches Haus. Kein bisschen wirklich. Das Wohnzimmer, in dem Mary Ann stand, war den Kulissen einer Oper oder Operette nachgebildet – *Hänsel und Gretel*, hatte Mary Ann sagen hören, obwohl sie selbst eher auf *Das Dreimäderlhaus* getippt hätte. Was immer es war, Operette oder nicht, die Aufführung musste zu einem Gutteil aus Kommen und Gehen bestanden haben, aus Leuten, die erschienen und verschwanden, die von rechts nach links und von links nach rechts eilten oder durch die riesigen Fenster in der hinteren Wand hereinspähten und dabei sprachen, vielleicht sogar sangen. Eine kleine Treppe führte rechts hinauf, eine weitere kleine Treppe links hinauf. Das Wohnzimmer hatte fünf Ausgänge – fünf Möglichkeiten abzugehen. Acht, wenn man die Sprossenfenster einbezog, die groß genug waren, dass zwei Personen gleichzeitig hindurchspringen, -hechten oder -klettern konnten. Neun, wenn man den Kamin berücksichtigte, der so geräumig war, dass man in ihm umherspazieren konnte, und dessen Schlot einen fassähnlichen Umfang hatte und wie ein Tunnel schnurstracks das Dach durchstieß. Mary Ann dachte: Vermutlich ist der Kamin tatsächlich ein Tunnel, den es aus einem anderen Bühnenbild in einem anderen Haus an einem anderen Ort hierher verschlagen hat. *Am Ende der Reise?* Als Schlot taugte der Tunnel sehr gut. Über den Kamin konnte sie sich nicht beklagen. Ja, eigentlich konnte sie sich über gar nichts beklagen, allerdings wunderte sie sich, was wohl im Kopf des Architekten vorgegangen sein musste, als er die maßstabsgerechte Zeichnung des Zimmers angefertigt hatte. Alles, was eine Operettenhandlung erforderte, hatte er hineingepackt. Noch nie hatte es in einem Zimmer so viele wuchtige Details gegeben. Türen und Fenster und Kamin stachen in voller theatralischer Größe hervor, alle mit großen Rahmen aus geschwärztem Holz versehen, sodass man schon aus einer Meile Entfernung erkennen konnte, wonach man suchte. Nur gab es keinen Platz mehr für Wände. Der Architekt hatte die Wände vergessen.

Mary Ann war es einerlei. Es kam nicht darauf an. Das Zimmer gefiel ihr. Sie hatte es lieb gewonnen. Es war unwahrscheinlich und nicht von Dauer, außerdem handelte es sich nur um eine Bühne, entworfen für Dialoge und Gebärden. Links und rechts grenzten zwei kleine Zimmer an, die ebenfalls voller Türen und Fenster waren, doch die taugten nur zum ziellosen Verweilen, denn es waren Vorzimmer, und als Vorzimmer widersetzten sie sich Möbeln, so wie eine Katze sich dem Halsband widersetzt. Mary Ann hatte unterschiedliche Einrichtungen ausprobiert, doch zur Zeit standen beide Zimmer leer. Das Zimmer mit dem malvenfarbenen Fußboden stand leer, und das mit dem glänzenden dunkelblauen Fußboden, das zur Küche führte, stand ebenfalls leer. Vorzimmer waren in Mary Anns Leben etwas Neues, und jetzt wollte sie sich gar nicht mehr von ihnen trennen. Sie hatte nicht gewusst, dass Zimmer so mit sich zufrieden sein konnten. Aber sie fragte sich doch, was wohl der ursprüngliche Hausmeister empfunden haben mochte, als er es zum ersten Mal betrat, dieses nagelneue Wohnzimmer mit seiner opernhaften Bescheidenheit, seinem Erklärungsbedarf, seiner offenkundigen Unaufrichtigkeit und seinem armseligen Schicksal; denn es stellte nicht einmal einen Traum dar, sondern war lediglich das Echo der Erinnerungen, die sich jemand an eine romantische Fluchtmöglichkeit bewahrt hatte – eine Jagdhütte, ein Versteck in den österreichischen Bergen oder einen geheimen Unterschlupf in der Schweiz. Es war ein wehmütiger Einfall und stand nur deswegen hier, weil das Grundstück sich angeboten hatte und weil man ein Haus für den Hausmeister benötigte. Jemand musste sich gedacht haben: Da ich das Haus sonst nicht haben kann, kann es ebenso gut hier stehen, wo ich es wenigstens betrachten kann. Das kleine Haus war nicht wirklich. Es war nur eine Fassade, die auf jemandes Rasen stand, und Mary Ann fand, dass es wunderbar zu einem Menschen passte, der zwar am Atlantischen Ozean wohnen wollte, aber nur für eine Weile.

Am späten Nachmittag ging Mary Ann nach oben, um sich eine halbe Stunde hinzulegen, schlief jedoch so lange, dass sie erst von der Explosion des ersten Feuerwerkskörpers erwachte. Vor ihrem Fenster dämmerte es bereits, und als sie ein paar Minuten später oben auf dem Rasen der Kinder stand, von wo aus sie eine gute Sicht auf die Himmelslichter hatte, spürte sie, wie kalt die Nacht war. Vom Meer wehte ein kühler, heftiger Wind. Wenn sie wieder im Haus wäre, würde sie sich ein Feuer machen. Bluebell saß pflichtgetreu neben ihr und starrte wie sie in die Ferne, wo der Himmel nach Explosionen, die sie hören, aber nicht sehen konnten, heller wurde. Dann aber sahen sie Sternschnuppen, prunkvolle Buketts und bunt flimmernde Schweife, die sich nach dem Aufsteigen in Ballons und Girlanden und Füllhörner verwandelten, einen Augenblick lang am höchsten Punkt ihrer Flugbahn verharrten und dann in all ihrer Pracht verglühten.

Nicht weit von Mary Ann entfernt, auf dem Strand unterhalb des Hauses der Kinder, veranstalteten einige Leute ein Privatfeuerwerk, ein sehr kleines. Ein paar Lichtpfeile schossen in die

Höhe, und dann noch mehr Pfeile. Jemand ging am Strand spazieren und warf mit Wunderkerzen. Gesetzesbrecher, dachte Mary Ann, ungehorsame Personen, heute sündigt wohl jeder.

Es war sehr dunkel geworden, und sie hatte genug Feuerwerk gesehen, legales und illegales. Zeit, nach Hause zu gehen und ein Feuer zu machen. Doch stattdessen mixte sie sich einen Martini. Sie kostete ihn. Er schmeckte köstlich, aber sie hatte ihn zu früh gemixt, und so ließ sie ihn im Gefrierfach stehen, während sie tugendhaft Stangenbohnen und Kopfsalat wusch und den Herd einschaltete. Bei dieser Arbeit genoss sie die Aufmerksamkeit von sechs Tieraugenpaaren, fünf davon ernst, das sechste, Bluebells, hingebungsvoll. Jeden Abend veranstaltete Mary Ann ihre Kochvorführungen und ließ Bluebell und die Katzen in den Genuss ihrer Lieblingsunterhaltung kommen, und jeden Abend, wenn sie so schnipselte und schälte und ihre Töpfe auf den Herd stellte, fragte sie sich, ob es besser war, in ein Restaurant zu gehen und sich in dem Wissen, dass das Gemüse furchtbar schmecken würde, einen Teller mit Essen bringen zu lassen, oder selbst zu kochen. Solange sie sich noch nicht entschieden hatte, war sie eine Expertin in Sachen einfacher kleiner Gerichte geworden, und mit einer gewissen Selbstzufriedenheit ließ sie ihre Arbeit Arbeit sein, holte ihren Martini aus dem Gefrierfach und ging durch das Vorzimmer mit dem blauen Fußboden zurück ins Wohnzimmer, wo sie im Kamin ein großes Feuer machte. Die Flammen loderten empor und füllten das Zimmer mit Schatten, und als sie zurücktrat, um sie zu betrachten, hörte sie in der Ferne einen Feueralarm. Irgendjemandes Haus ist in Brand geraten, dachte sie; das passiert am Unabhängigkeitstag immer.

Da irrte sie sich gewaltig. Es war nicht *irgendjemandes* Haus, das den Feueralarm ausgelöst hatte, sondern das Haus der sieben Kinder, und wenn Mary Ann die Eingangstür offen gelassen hätte, wie sie es oft tat, selbst im Winter, so hätte sie gesehen, dass die Luft von Rauch erfüllt war, der in riesigen Wolken von dem großen Haus auf der

Düne herüberquoll. Draußen vor ihren Fenstern trug sich etwas Erregendes zu, und all das verpasste sie. Sie verpasste das erste Löschfahrzeug, das durch die flache, von Menschen gestaltete grüne Landschaft jagte, die sich zu ihrer Rechten bis zum Himmel erstreckte. In einer dunklen Nacht wie dieser musste das Löschfahrzeug mit all seinen roten Warnlichtern einen wunderbaren Anblick geboten haben. Hell leuchtend kam es zur Rettung geeilt, gefolgt von einem zweiten Löschfahrzeug und dann einem dritten. All das verpasste Mary Ann, und auch den Schwarm kleinerer Autos verpasste sie, die hinter den Löschfahrzeugen hersausten und mit ihnen in die schmale Auffahrt bogen. Diese war voller Schlaglöcher und langer, grabentiefer Spurrillen, sodass alle das Tempo drosseln mussten. Eins folgte so dicht auf das andere, dass sie wie Segmente einer Raupe wirkten. Es war eine sehr lange, schmale Auffahrt, die bestenfalls einem gewöhnlichen Fahrzeug Platz bot. Die Auffahrt zweigte in rechtem Winkel von der Straße ab, die zum Meer führte, durchschnitt den Golfplatz und verlief zwischen den Rasenflächen bis zu Mary Anns Haus, wo sie scharf nach rechts abknickte und zwischen zwei dichten Wänden aus Bäumen und Büschen verschwand, die zum Haus der Kinder und zum Meer führten. In diesen Bäumen tummelten sich Fasane, und wenn man an einem Sommerabend die leicht gekrümmte dunkle Allee entlangging, übertönte ihr wildempörtes Flügelschlagen den Lärm der Wellen, die ihren langsameren Takt auf den Strand unterhalb des Hauses der Kinder hämmerten. Unvorstellbar, was die Fasane an diesem Abend des vierten Juli gedacht haben mussten. Zuerst wurden sie von dicken Rauchwolken eingehüllt, und dann folgte auch noch eine Invasion schwerer Maschinen. Mary Ann dagegen dachte nur über eines nach: ob sie den Kaminschirm wieder vor das Feuer rücken sollte, das sie gemacht hatte, oder ob sie den Kamin ungeschützt lassen und Funken auf dem Vorleger riskieren sollte. Gerade rückte sie den Kaminschirm wieder hin, als sie das erste Löschfahrzeug an ihrem Haus vorbeiruckeln und -rumpeln hörte. Sie dachte:

Was für ein schwerer Tanklaster. Dann aber ertönte neuerliches Gerumpel und Getöse, und sie dachte: Panzerwagen.

Sie rannte zur Tür, öffnete sie und lief hinaus auf ihren Rasen. Der Rasen war verschwunden. Sie war Gastgeberin einer langen Reihe von Autos, die vor ihrem Haus angehalten und säuberlich nebeneinander geparkt hatten, die Kühler zum großen Haus hin ausgerichtet. Die Auffahrt war von Feuerwehrwagen und Geräten blockiert, sodass sie nicht auf den Rasen der Kinder gelangt wäre, selbst wenn sie es gewollt hätte. In der Luft hing dichter Rauch, aber das Haus der Kinder, das sich hell erleuchtet gegen den Nachthimmel abzeichnete, war noch zu sehen. Wenn die Lichter brennen, steht es vielleicht nicht ganz so schlimm, dachte Mary Ann. Sie sah die meilenweiten Holzdielen und das tiefhängende Schindeldach vor sich, das wie eine Fackel auflodern würde, wenn ein Funke es erfasste. Inzwischen schien der Rauch allerdings eher von irgendwo hinter dem Haus zu kommen. Vielleicht war es ja nur ein Grasfeuer.

Sie ging zu einem der Autos vor ihrem Haus, zu dem, das am nächsten geparkt war, und fragte töricht: »Was ist passiert?«

Der Fahrer blickte erst zu ihr, dann wieder zum Haus. »Da oben brennt's«, sagte er. Das Auto war voller Kinder, die alle zu Mary Ann herausstarrten. Sie ging davon und rief Bluebell zu, ihr zu folgen. Sie dachte: Dieser Mann kommt hergefahren und behindert die Feuerwehr, und jetzt sitzt er mit all den Kindern fest und kommt vielleicht erst am Morgen wieder weg.

Die Baumreihe, die den Fahrweg zum großen Haus verdeckte, endete kurz vor dem Haus, und aus dem Dunkel dort oben tauchte ein kleines Feuerwehrauto auf, brauste ungestüm über den Rasen der Kinder und den Golfplatz und verschwand. Gleich darauf folgte ihm ein zweites, und dann sah Mary Ann, dass ihre Auffahrt vom Kiefernhain bis zur Küstenstraße geräumt worden war. Die vor ihr aufgereihten Autos fuhren an und setzten vorsichtig zurück. Ein großer Mann mit einem Helm tauchte auf und befahl den Fahrern der Wagen, die auf Mary Anns

Rasen standen, wegzufahren. Er behandelte sie sehr schroff, und Mary Ann war froh darüber. Sie würde zu ihm sagen: »Aber ich wohne hier«, dachte sie, und dann überlegte sie, ob er ihr befehlen würde, ins Haus zu gehen. Hätte er das Recht dazu? Sie machte sich Sorgen, was sie tun sollte, falls er auf ihr Haus zeigte und zu ihr sagte: »Sie gehen jetzt da hinein und machen die Tür zu.« Sie hatte das Recht, auf ihrem eigenen Rasen zu stehen, das wusste sie, andererseits war es wohl kaum der geeignete Zeitpunkt, sich auf einen Streit mit einem Feuerwehrmann einzulassen. Seine motorisierten Kollegen unternahmen verzweifelte Anstrengungen, ihre Wagen aus dem Knäuel von Fahrzeugen auf der Auffahrt hinauszumanövrieren. Sie stießen vor und stießen zurück, aber keiner kam vom Fleck. Schuld daran waren die Autos, die sich ihnen aus Schaulust angeschlossen hatten und die ihnen jetzt den Weg verstellten. Mary Ann dachte an das Durcheinander, das auf dem hinter den Bäumen verborgenen Fahrweg zum Haus herrschen musste. Dann erschien oben am Haus eines der großen

Löschfahrzeuge und donnerte den Rasen hinab und davon. Der Brand war gelöscht. Doch die Autos in ihrer unmittelbaren Nähe steckten noch immer fest, und sie dachte, dass sie vor lauter Frustration jeden Augenblick anfangen würden zu bellen. Der Mann mit dem Helm hatte ihren Rasen geräumt, sie selbst aber schien er nicht bemerkt zu haben. Dennoch wollte Mary Ann kein Risiko eingehen, sie sagte etwas zu Bluebell, beide zogen sich ins Haus zurück, und sie schloss die Tür. Dann blickte Mary Ann aus dem kleinsten Sprossenfenster. Wegen des massiven Holzrahmens, wegen der Dunkelheit draußen und wegen ihres Blickwinkels konnte sie nicht viel erkennen, hatte aber bereits genug gesehen, um zu wissen, was vor sich ging. Wieder schoss ein großes Löschfahrzeug vorüber und verschwand am anderen Ende des Kiefernhains. Ein Stückchen weiter nach links, und es wäre in einen der tiefen Sandkrater auf dem Golfplatz gestürzt. Der Fahrer hätte die ganze Nacht hindurch versuchen können, wieder freizukommen, es wäre vergebliche Mühe gewesen. Jetzt gelang es auch den anderen Autos, sich irgendwie hinauszumanövrieren, und dann waren alle verschwunden. Aber noch immer hing Unordnung in der Luft. Über den manikürten Rasenflächen, die den Golfplatz umgaben, über dem höflich gewellten Gelände des Golfplatzes selbst, über dem Klubhaus, das in misstrauischer Gastlichkeit auf seiner Erhebung hoch über den Dünen stand – über all diesen besonderen menschlichen Einrichtungen regte sich Chaos, lächelte und legte sich wieder schlafen. Was für ein vierter Juli, dachte Mary Ann und fragte sich, weshalb die Feuerwehrleute ihre Sirenen ausgeschaltet hatten.

Am Morgen wurde sie von den Möwen geweckt, die mehr Lärm machten als gewöhnlich, vermutlich weil sie näher als gewöhnlich ans Haus herangerückt waren. Als sie jedoch ans Fenster trat, sah sie, dass sie bereits kehrtgemacht hatten und wieder zum Meer zurückflogen, wobei sie auf der ganzen Strecke heftig gegen alles und jeden protestierten. Ein leichter Nebel war aufgezogen, und sie entschwanden darin. In der Nacht hatte es geregnet, und die Schlaglöcher in der Auffahrt waren mit silbrigem Wasser gefüllt. Gestern Nacht waren die Löschfahrzeuge durch die Schlaglöcher gerumpelt, heute würden die Vögel in ihnen baden. Sie fragte sich, ob die Rasenflächen bei all dem Verkehr großen Schaden erlitten hatten. Auf ihrem eigenen Rasen waren Reifenspuren zu sehen, nichts Ernstes, und als sie unten war, sah sie, dass auch der Rasen der Kinder in Ordnung zu sein schien. Auch das Haus schien in Ordnung zu sein, und da war auch schon Linnet, die in ihrem weißen Nachthemd über den Rasen gestürmt kam. »Linnet«, sagte Mary Ann, »komm sofort ins Haus. Hier, leg dir das Schultertuch um. Weißt du, wie viel Uhr es ist? Es ist noch nicht einmal sechs. Ich habe die Feuerwehrwagen gesehen. Ist das Haus stark beschädigt?«

»Ich hab sie gerufen«, sagte Linnet. »Ich war die Einzige, die daran gedacht hat, anzurufen.«

»Das ist wunderbar, Linnet.«

»Es war nur ein Grasfeuer«, sagte Linnet.

»Trotzdem«, sagte Mary Ann. »Du hast das Haus gerettet. Das ist wirklich fabelhaft. Das ist wunderbar, Linnet.«

Linnet war als Erste zum Telefon gegangen. Während der Rest der Familie vor Entsetzen wie gelähmt dagestanden und auf das Gras gestarrt hatte, war sie zum Telefon geeilt und hatte die Feuerwehr benachrichtigt. Was war geschehen? Irgendein Funke, vielleicht von einem der verirrten Feuerwerkskörper, die Mary Ann gesehen hatte, war im Gestrüpp unterhalb des Hauses gelandet, und plötzlich war alles in Flammen aufgegangen. Sie waren eben von dem großen Feuerwerk nach Hause gekommen und auf die Terrasse getreten, die aufs Meer hinausging, und während die anderen nur auf den Flammenvorhang starrten, der sich plötzlich hob und zu einer Flammenwand wurde, die immer höher stieg, je länger sie zusahen, hatte Linnet Hilfe herbeigerufen. »Dann hast du das Haus gerettet«, sagte Mary Ann. Linnet nickte bescheiden. »Jetzt trinkst du erst einmal ein Glas Milch«, sagte Mary Ann, »und danach gehst du sofort nach Hause und legst dich wieder ins Bett, bevor deine Mutter merkt, dass du fort bist. Du musst sofort nach Hause gehen.«

»Bluebell hat hübsche Pfoten«, sagte Linnet.

»Ich weiß«, antwortete Mary Ann. »Setz dich gar nicht erst hin, Linnet. Hinaus mit dir, und ich werde dich nicht aus den Augen lassen, bis du oben am Haus bist. Nimm die Vordertür, damit ich weiß, dass du wohlbehalten angekommen bist. Das Schultertuch behältst du um.«

Als sie draußen waren, sagte Mary Ann: »Es ist wunderbar, dass du das Haus gerettet hast, Linnet. Wirklich großartig.« Der Saum ihres Morgenrocks war nass vom Gras, und Linnet war barfuß. »Du musst dich wirklich beeilen«, sagte sie.

»Darf ich wiederkommen und Sie besuchen?«, fragte Linnet.

Mary Ann sah sie an. Linnet war klein und freundlich, und Mary Ann, die sich vor Zutraulichkeit fürchtete, hatte sie oft zurückgewiesen, jetzt aber streckte sie beide Hände aus und zog das Tuch fester um die schmalen Schultern. »Ja«, sagte sie, »aber jetzt musst du auf der Stelle nach Hause. Deine Mutter wird sich ängstigen, wenn sie dich nicht im Bett findet. Später kannst du wiederkommen und mir alles über den Brand erzählen. Ich werde dich ganz viel fragen. Einverstanden?«

»Einverstanden«, sagte Linnet und machte sich auf den Weg. Als sie die Auffahrt überquert hatte und auf ihrem Rasen stand, drehte sie sich um und winkte, und Mary Ann winkte zurück. Sie sah, wie das Kind erst rannte, dann langsamer ging und dann wieder rannte. Es war ein langer Weg den ganzen Rasen hinauf. Mary Ann dachte: Gestern hatte ich eine Gelegenheit, das Richtige zu tun. Ich bin sehr froh, dass ich sie nicht wahrgenommen habe, und ich hoffe, dass sich mir diese Gelegenheit auf lange Zeit nicht noch einmal bieten wird. Ihr fiel ein Scherz ein. »Was du gestern hättest soll'n besorgen, das verschiebe nicht auf morgen«, sagte sie zu sich selbst, dann ging sie zufrieden ins Haus, um Kaffeewasser aufzusetzen.

DIE TÜR
IN DER
WEST TENTH
STREET

Bluebell, die alte schwarze Labradorhündin, wird Ferien von der Stadt machen. Sie wird nach Katonah fahren, einen entlegenen Vorort von New York, wo sie Bäume, Gräser, Hecken, nächtlichen Erdgeruch und, in der Ferne, eine Straße und vorüberfahrende Autos hat, denen sie zuschauen kann. Sie wird ein eigenes Haus haben, das sie bewachen kann. In Katonah gibt es eine Wiese, auf der sie nach Herzenslust rennen, und ganz in der Nähe einen See, in dem sie schwimmen kann. Dann wird sie den Kopf hochhalten und durchs Wasser pflügen, ihr großer, schwerer, alter Körper wird sich wieder leicht anfühlen und ihre Beine werden sich strecken. Im See von Katonah werden Bluebells kurze, dicke, kräftige Meeresbeine sich so lange strecken, bis die öde Beengtheit der städtischen Bürgersteige und der städtischen Straßen von ihren Schwimmhautpfoten und von ihren Muskeln abfällt. Ihre Beine werden wieder geschmeidig werden, und sie werden tun, was sie am liebsten tun, werden Bluebell mit köstlicher Geschwindigkeit durchs Wasser jagen, sodass die Leute, die ihr zuschauen, denken: Warum sollte irgendjemand schneller als Bluebell schwimmen wollen, und wie könnte irgendjemand es ertragen, langsamer zu schwimmen als sie?

Bluebell ist ein Wechselbalg, stets darauf bedacht, zu gefallen, doch das Wasser ist ihr Element, und wenn sie schwimmt, wird sie ganz sie selbst, eine einsame Genießerin mit einem großen, ernsten, mutigen Kopf und einem Vorrat an Gleichmut, der mitunter den Anschein erweckt, als würde sie nie wieder an Land zurückkehren. Aber immer wieder kehrt sie zurück und schüttelt sich, sodass Wasser von ihr spritzt und ihr Fell in Stacheln absteht. Und wenn sie sich geschüttelt hat, bleibt sie eine Minute lang stehen und schaut sich mit der verrückten Freundlichkeit ihres wahren Vetters, des Delphins, um. Sie ist zu allem bereit. In einem solchen Augenblick, nass und verwegen vom Bad, scheint Bluebell aus weiter Ferne zur Erde gereist zu sein – vom Meeresboden, aus zwanzigtausend Faden Tiefe, von dort, wo der Fischkönig hofhält. Der Fischkönig spricht nie, nicht einmal, um »jetzt« oder »sofort« zu sagen. Seine Worte sind aus Donner und widerhallen nach seinem Ermessen. Große Geräusche kommen aus ihm heraus – Geräusche des Zorns, Geräusche der Heiterkeit, Geräusche des Hungers. Aber er spricht nie. In ozeanischem Schweigen sitzt er unter einem gewaltigen schwimmenden Baldachin, der in Wahrheit ein umgedrehter Süßwassersee ist. In seinen blauen Tiefen und Untiefen spielen kleine grüne Blumen und silberne Goldfische mit dem Sonnenlicht, das an dem Tag, als der See gestohlen wurde – an einem Montag in Norwegen, vor Hunderten von Jahren – im Wasser eingeschlossen worden war. Bluebell hat den Fischkönig und seinen

Baldachin gesehen, sie kennt seine Palastwache würdevoller junger Wale und die tausend pail-lettenbesetzten Meerjungfrauen, die seine Tänzerinnen sind. Sie war bei ihnen zuhause, und sie ist bei uns zuhause. Sie hat alles gesehen. Es steht ihr ins Gesicht geschrieben, in ihre traurigen hellen Augen. Es gibt kaum etwas, was sie nicht weiß, außer wann sie mit Fressen aufhören sollte. Ihre wahren Erinnerungen stammen aus Urzeiten – sie verfolgen sie im Schlaf. Der Kompromiss, den sie im Alltagsleben geschlossen hat, ist rückhaltlos, Ergebung aber ist ihr fremd. Ans Haus gefesselt, bleibt sie sie selbst. Sie ist ein Hund.

Heute hingegen wird Bluebell aufs Land fahren. Sie wird nach Katonah fahren, wo ihre große, hungrige Nase etwas anderes zum Schnüffeln finden wird als Beton und Steine und Laternenpfähle und Gossen, die nur interessant wirken, sich am Ende jedoch stets als unempfänglich erweisen. Noch weiß Bluebell nicht, dass ihre Leine für einen Monat beiseitegelegt werden wird. Für sie ist es ein gewöhnlicher Tag, und wie immer beginnt er in ihrem Apartment in Greenwich Village. Sie erwacht auf dem Schlafzimmerboden, auf einem dunklen geblümten Teppich, der dünn, verschlissen und stellenweise fadenscheinig ist – ein kleines Stück Auslegware, gerettet aus den vielen Quadratmeilen, die einst die Foyers und Treppen eines der majestätischen alten New Yorker Hotels schmückten, das im letzten Jahr oder im Jahr davor oder im Jahr davor verschwunden ist. Der Teppich riecht nach Bluebells Schlaf, nach dem Schlaf der Katzen und nach dem Staubsauger, aber das ist auch schon alles. Er enthält keine Erinnerungen, kein Echo von Gräsern, Blättern und Erde auf dem Land, keine Sandkörner, keinen Holzrauch, keine Kiefernnadeln, nichts von dem Haus am Ozean in East Hampton, wo Bluebell den größten Teil ihres Lebens verbracht hat. Dies ist ein Apartmentteppich, anonym, warm, komfortabel und langweilig. Nie sind Feldmäuse über ihn hinweggehuscht, wenn sie vor den Katzen um ihr Leben rannten; keine Feldmäuse, keine Maulwürfe, keine Streifenhörnchen, keine jungen Kaninchen. Einmal mar-

schierte ein Regiment winziger schwarzer Stadt-
ameisen über ihn hinweg und verschwand in der
Wand. Und einmal eilte eine riesige schwarze
Wasserwanze aus dem Badezimmer über den Teppich Richtung Küche. Und ein andermal kroch
eine weiche blassgrüne Raupe, eine Besucherin
aus dem Nirgendwo, eine kleine Weile furcht-
sam auf dem dunklen Laubwerk des alten Tep-
pichs umher, bis sie sich zum Sterben zusam-
menrollte. Aber das ist auch schon alles. Es ist
ein armer, langweiliger Teppich, und wenn Bluebell aufwacht, gähnt sie und beachtet ihn nicht.
Sie erhebt sich, streckt sich und schaut sich um.
Damit gibt sie zu erkennen, dass sie zu ihrem
Spaziergang bereit ist.

Bluebells Spaziergang führt sie um den Washington Square, und wenn sie beim Pförtner des
großen Apartmenthauses an der Ecke vorbeikommt, grinst er und sagt wie jeden Morgen:
»Hallo, altes Mädchen.« Bluebell ist fast elf, und
ihr junges, ursprüngliches, glänzendes schwar-
zes Gesicht ist verborgen unter einer staubigen
Maske aus grauen Haaren, grauen Augenbrauen

und langer grauer Schnauze. Die Maske hat etwas Lustiges, und wenn die Leute Bluebell sehen, lächeln sie und sagen: »Du meine Güte, das ist aber ein alter Hund.« Auch die Leute, die hinter ihr gehen, lächeln, denn mag auch ihr dicker, schwerer Schweif noch immer kohlschwarz sein, ihr Hintern ist grau, und beim Gehen wackelt er bedeutungsvoll. Aber in welcher Gangart sie sich auch fortbewegt – ob sie galoppiert, trabt, trottet oder einfach nur trödelt –, immer sieht sie genau nach dem aus, was sie ist: ein Hund auf dem Trockenen, der sich in der Stadt unbehaglich fühlt, sich aber sehr gut damit arrangiert. Bluebell ist liebenswürdig, wenn auch nicht besonders gehorsam, sie akzeptiert die Leine und marschiert los, sie führt mit kräftigen, breiten Schultern und holt aus dieser seltsamen Welt heraus, so viel sie kann – einer Welt, in der sie sich wie ein Uhrwerkhund verhalten muss, der nur Quadrate, Kreise und gerade Linien abschreiten kann. Und sie sucht. Dauernd sucht sie nach einer schwarzen Tür in einem kleinen weißen Haus in der West Tenth Street. Bei ihren Spaziergängen ist sie zweimal zufällig auf diese Tür gestoßen und hat sich geweigert, daran vorbeizugehen. Sie hat versucht, ins Haus zu gelangen, und einmal sogar gebellt, inzwischen aber hat sie die Tür schon seit Wochen, seit Monaten nicht mehr gesehen.

Das Haus gehört einem Mann, der Bluebell im vergangenen Sommer für sechs Wochen nach Montauk mitgenommen hat, und wenn sie die Tür in der West Tenth Street sieht, weiß sie, was dahinter liegt – ein Felsvorsprung, der zum Atlantischen Ozean hin abfällt. Bluebell liebt diesen Felsvorsprung, der ihr morgendliches Bad mit einer Prise Abenteuer würzte und auf dem Rückweg zahllose schwierige Spalten für sie bereithielt, in denen sie graben und wühlen konnte. Das Haus in der West Tenth Street sieht aus wie ein richtiges Haus, und niemand, der daran vorbeikommt, würde sich träumen lassen, dass ganz Montauk dahinterliegt – der Felsvorsprung, der Sand und der Ozean. Alles Erstrebenswerte liegt hinter dieser Tür, die, wie Bluebell weiß, nur deshalb geschlossen ist, um das Meer vor Hunden zu verstecken, die nicht dorthin fahren. Inzwischen hat sie die Tür schon lange nicht mehr gesehen, die Hoffnung aber nicht aufgegeben. Sie hält danach Ausschau. Sie sucht überall danach, auf sämtlichen Straßen östlich und westlich der Fifth Avenue, auf der Fifth Avenue selbst und am University Place und auf der Forth Avenue und auf der Seventh Avenue und in der kleinen Gay Street und in der Cornelia Street, selbst in der Bleecker Street, hinter den Obst- und Gemüseständen, aber nie ist sie so verwirrt, dass sie glaubt, jede fremde Tür sei die Tür, die sie sucht. Es gibt nur eine Tür, in der West Tenth Street, und wenn Bluebell sie sieht, wird sie sie wiedererkennen.

Sogar in der Großstadt erlebt Bluebell Abenteuer. Als sie eines Vormittags im Washington Square Park umherspazierte, begegnete sie einem sehr, sehr alten Mann, der allein auf einer der Bänke saß, die die Wege neben den Rasenflächen säumen. Er war mehr als alt, er war uralt, und obwohl es ein strahlend schöner Tag im Altweibersommer war, hatte er sich warm angezogen, er trug Mantel, Schal, einen zerdrückten grauen Hut und Schnürstiefel. Seine Hände umklammerten einen Gehstock, und seine Augen waren geschlossen. Bluebell ging dicht an ihm vorbei. Auf der Suche nach dem Atlantischen Ozean (der sich hinter jener Tür in der West Tenth Street verbarg, so nah, aber wo?) stürmte sie voran, und vielleicht hörte der Mann ihr dramatisches Hecheln, denn er schlug die Augen auf. Zwar lächelte er nicht, als er sie sah, aber er musterte sie. »Hallo, Schneeball«, sagte er gedankenverloren. »Wie geht's denn so, Schneeball?« Dann schloss er wieder die Augen und saß weiter allein in der warmen Sonne.

Ein andermal fand Bluebell einen toten Spatz, der in einem grasbewachsenen Eckchen in der Mitte des Parks lag, dort, wo der Springbrunnen ist. (Wo der Springbrunnen *war*. Er ist schon lange trockengelegt.) Der Spatz, nicht größer als ein verwelktes Blatt, lag mit gefalteten Flügeln und zusammengelegten Beinen auf der Seite. Es war ein sehr niedlicher kleiner Leichnam. Ein wildes Vögelchen. Sein Schicksal war ohnehin sonderbar – sich mit ausgehungerten, wachsamen Tauben, ausgewachsenen Kerlen, einen schäbigen Stadtpark teilen zu müssen. Wie alt war er gewesen, als er lernte, zwischen ihnen heranzuschießen und seine Krume zu picken? Er musste klug und kräftig gewesen sein, um so lange zu überleben, bis er ausgewachsen war. Jetzt war es vorbei mit seiner Klugheit, und seine Lebensgeschichte würde nicht in die Geschichtsbücher eingehen – sie war ein großes Mysterium, von dem er nie etwas geahnt hatte und das ihn jetzt, da er im Gras lag, umhüllte. Dort lag er nun, und das Geheimnis seiner Natur stand allen Blicken offen. Jeder konnte ihn betrachten, indes nur betrachten, nicht berühren, nicht wirklich erkennen, niemals begreifen. Er war ein Spatz, was immer das ist. Samuel Butler hat einmal gesagt, das Leben sei mehr eine Sache der Angst als der Pein. Und der Spatz hätte antworten können: »Aber Mr Butler, Angst ist Pein.«

Bluebell betrachtete den Spatz, dann setzte sie sich hin und begann, über ihn nachzudenken. Zu riechen gab es nichts, doch die leichte Brise, die von Süden her wehte, von der Sullivan Street, streifte eine lose Feder, die sich aufrichtete und winkte, eine winzige staubfarbene Flagge. Das war alles. Ganz anders verhielt es sich mit dem mächtigen Fasan, einem kaiserlichen Fasan, den Bluebell eines Herbstmorgens – ihr dritter Herbst am Ozean, vor Jahren – tot am Strand von East Hampton fand. Es war ein überirdischer Morgen – einer, der zu Beginn der Welt irgendwie verloren gegangen und unter einem hochgewölbten mittelmeerblauen Himmel in East Hampton wiederentdeckt worden war. Ein italienischer Himmel, ein entzückter junger Ozean, eine gleißende Sonne; und weit weg im weißen Sand etwas Purpurrotes, worin der Wind sich verfing. Der Wind war so neu, dass er bei seinem ersten Ansturm durch die Welt noch ganz eisig blies, aber die Luft war weich. Kopf und Körper des Fasans waren unter dem pudrigen Sand fast begraben, jedoch war der Vogel mit weit geöffneten Schwingen gestürzt, und eine davon ragte in die Höhe und trieb einen farbigen Keil in die Luft.

Es war ein Herbstmorgen Anfang November – zu dieser Jahreszeit sammeln sich auf dem niedriger gelegenen Abschnitt des Strandes, dort, wo der Sand am Saum des Wassers hart und flach ist, regelmäßig Millionen kleiner Steine in vom Wind flach gedrückten Formationen. Einige der Steine sind so groß wie Walnüsse, andere so klein wie Reiskörner, und sie liegen dicht an dicht, ein rauhes Meeresmosaik. Ihre zarten Farben – Elfenbein, Grün, Silber, Korallenrot – sind stets undeutlich, fast flüchtig, als wollten sie sich in den Steinen auflösen. Bluebell jagte immer den Strand entlang, bis sie fast außer Sichtweite war, und auf diese Entfernung, weit weg, wurde sie zu einem großen schwarzen Insekt mit vier wedelnden Beinen und einem wedelnden Schwanz und mit Flügeln, die entweder durchsichtig oder zusammengefaltet waren. Es war unvorstellbar, dass ein Geschöpf, das so zuversichtlich und mit solcher Geschwindigkeit über den Sand preschte, ins Wasser hinein und wieder heraus und die Dünen entlang jagte, nicht auch in der Lage gewesen wäre, zusammen mit den Möwen auf und davon, hinaus aufs Meer, zu fliegen. Die Möwen verabscheuten Bluebell, und wenn sie sie auf sich zurennen sahen, stoben sie vor Ärger kreischend in die Höhe. Erst standen sie in einer langen Reihe da, starrten aufs Wasser und warteten; dann, wenn Bluebell dicht herangekommen war, ergriffen sie die Flucht. Ihre Füße hinterließen auf dem sauberen, nassen Sand ein zartes Filigran aus spitzen Trittbildern, ein chinesisches Muster. Bluebells große Pfoten rissen unordentliche Löcher, manchmal ganze Kuhlen in den Sand, und selbst wenn sie einen identifizierbaren Pfotenabdruck hinterließ, so war er doch undeutlich und plump, überhaupt nicht zu vergleichen mit den zarten Abdrücken der Möwen. Manchmal überkam Bluebell das unbändige Verlangen, im Sand zu wühlen, dann wühlte sie so fieberhaft wie ein Derwisch, der nach einem Ort sucht, an dem er herumwirbeln kann. Sie liebte es, ihrem Ball ins Meer nachzujagen. Sie hatte eine ganze Reihe von Bällen – rote, grüne, blaue und weiße und manchmal gestreifte –, doch einer nach dem anderen war auf den Ozean hinausgetrieben, während Bluebell am Ufer Habachtstellung einnahm und ihnen nachblickte. Sie kannte die Gewalt der großen Wellen und ihre Fähigkeit, sich so tief in den Sand hineinzuwühlen, dass sie ihn Bluebell unter den Füßen wegziehen konnten.

Nach Weihnachten, als die Stürme einsetzten, wurde der Strand zu trostlosen Terrassen gepeitscht und geschlagen – lange Ketten scharfer Sandklippen, die sich von den Dünen bis zur bleifarbenen, wogenden See erstreckten, einer See, die vor dem traurigen Himmel zu Bergen aufschäumte, untermalt von den Warnschreien, die die Möwen den ganzen Tag über ausstießen. Eines Tages im Januar bekam Bluebell ein Geschenk aus dem Lebensmittelladen, einen riesigen Knochen, einen Knochen von prähistorischem Ausmaß und Gewicht, einen monumentalen Schenkelknochen mit großen hervortretenden Höckern an beiden Enden. Sie packte den Knochen an der schmalsten Stelle, in der Mitte, doch selbst dann musste sie ihr großes Maul so weit wie nur möglich aufreißen, und das Gewicht des Knochens zog ihren Kopf herab. Sie richtete sich auf und trug den Knochen von der Küche in den Garten vor dem Haus, wo sie ihn auf dem gefrorenen Gras ablegte und ihn zärtlich betrachtete, bevor sie über ihn herfiel. Aus dem Nebel tauchten zwei Möwen auf, kreisten nicht weit über ihr und warteten auf eine Gelegenheit, den Knochen zu ergattern, und der Tag war so sonderbar, dass es den Anschein hatte, als machten die Möwen diesen Anspruch ganz selbstverständlich im Namen des Nebels geltend, der das Haus in Besitz nahm. Es war ein düsterer weißer Tag unter einem lichtlosen Himmel, und alles wirkte gespenstisch. Die kleine Baumgruppe am Ende der Auffahrt war zu einem verschwommenen Vorposten geworden, und links vom Haus, zum Ozean hin, war außer den Formen, die der Nebel bildete, nichts zu sehen. Draußen vor dem Haus waren nur die beiden Möwen und Bluebell mit ihrem Knochen wesenhaft. Später am Nachmittag griff der Nebel nach den Fenstern, und als die Nacht hereinbrach, war das Haus verschleiert, verloren, verborgen, unsichtbar und herrenlos. Nur der Ozean hatte es nicht aufgegeben und füllte jedes Zimmer mit dem Klang der Ewigkeit. Hohe Wogen rüsteten sich für den Zusammenprall mit Erde und Dunkelheit. Bluebell war den ganzen Tag gekommen und gegangen. Gegen sieben Uhr abends winselte sie um Einlass, doch als ihr aufgemacht wurde, wich sie vor dem Licht zurück und wurde sogleich verschluckt, nur ihr Gesicht, eine dünne graue Maske mit Augen, die beschwörend aus dem Nebel hervorblickten, war noch zu sehen. Ihre Augen flehten, aber nicht etwa um Erlaubnis, ins Haus kommen zu dürfen, sondern um Erlaubnis, ihren Knochen ins Haus bringen zu dürfen. Sie verschwand und tauchte eine Minute später wieder auf, ein durchsichtiges Hundegesicht, das den großen phosphoreszierenden Knochen in seinem gespenstischen Maul hielt. Hinter ihm flammten plötzlich vier runde Diamanten auf – zwei der Katzen, die von ihrer üblichen Nachtwache zurückgekehrt waren. Es gab keinen Mond in jener Nacht; keinen Mond, keine Sterne, keine Wolken, keinen Himmel, keine wirkliche Welt – nur das kleine Haus, das langsam seinen Ort fand, in sicherem Gedenken, beschützt von der Stille, die sich aus den Stimmen der Wogen ergoss.

Der Rasen vor dem Haus gehörte Bluebell. Im Sommer streckte sie sich darauf aus, um sich zu rösten, und im Winter, wenn hoher Schnee lag, spielte sie darin, warf sich hinein, sprang und tauchte übermütig, wieder ganz Delphin. Von den smaragdfarbenen Grünflächen eines berühmten Golfplatzes wurde der Rasen nur durch eine dünne Baumreihe getrennt, und von ihrem Platz nahe dem Haus konnte Buebell die öffentliche Straße sehen und die Autos, die dort entlangfuhren, nach Süden zum Strand oder nach Norden zum Dorf. Hin und wieder bog ein Auto in ihre Auffahrt, dann rannte sie ihm entgegen, um es zu begrüßen. In ihren ersten Tagen in der Großstadt war sie überrascht, so viele Autos vorzufinden, und dann auch noch so nah, denn in allen Straßen parkten sie dicht am Gehsteig, auf dem sie lief. Zuerst glaubte sie, sie seien Freunde, nahm Notiz von jedem Auto, beschnüffelte es und spähte hinein, um zu sehen, ob es ein Plätzchen für sie darin gäbe. Bald entdeckte sie, dass die Autos in der Großstadt in keiner Beziehung zu ihr standen, und erwartete nichts mehr von ihnen, obwohl sie sehr unruhig wurde, wenn sie aus einem Autofenster einen Hund schauen sah, denn noch immer hoffte sie, jemand würde ihr anbieten, sie mitzunehmen, und sei es nur für eine kurze Strecke, irgendwohin. Von zuhause weg sein, davon träumte Bluebell, wenn sie in einem Auto einen Hund sah und wenn sie nach dem Haus in der West Tenth Street Ausschau hielt. Von zuhause weg sein, das war es, was Bluebell wollte.

Eines Nachmittags, kurz vor Beginn ihrer Ferien in Katonah, führte ihr Spaziergang sie einen weiten Weg nach Westen, in die Hudson Street und zu dem ummauerten Garten der St. Luke's Chapel. Es war ein kühler Nachmittag mit dünnem Sonnenlicht, und über die Mauern des alten Gartens und durch die Gitterstäbe des

Gartentors wehte ein vielschichtiger Landgeruch. Bluebell schob die Nase durch die Stäbe und schnupperte. Sie konnte den großen, altmodischen Garten sehen, der da im Herbst verblühte, und sie roch Blätter, Gräser und Erde. Bluebell roch frische Erde. Jemand im Garten grub.

Ihre besten Knochen verbuddelte Bluebell immer an geheimen Orten in der Nachbarschaft ihres Hauses in East Hampton. Das waren ihre Schätze, und sie wusste, dass sie in dem sicheren Versteck, wo sie sie eingebuddelt hatte, noch immer auf sie warteten. Jetzt roch sie Erde, dieselbe alte Erde, konnte aber nicht in den Garten gelangen, denn das Tor war geschlossen und verriegelt. Im Garten ging eine Dame spazieren, ganz in der Nähe des Tores, und Bluebell wedelte mit dem Schwanz, doch die Dame bemerkte sie nicht oder wollte sie nicht bemerken. Bluebell hörte auf, mit dem Schwanz zu wedeln, und zwei oder drei Minuten später wandte sie sich vom Tor ab und lief um die Ecke in die Christopher Street. Und wie sie so die Christopher Street entlang nach Westen lief, hatte sie eine Vision. Vor sich sah sie die öffentliche Straße, die den Golfplatz in East Hampton durchschneidet, mitsamt den Autos, die wie immer in nördlicher und südlicher Richtung aneinander vorbeifuhren. Sie blickte zum West Side Highway, der aus der Luft herausgeschnitten ist, so wie die Straße in East Hampton aus dem grünen Golfplatz herausgeschnitten ist. Eigentlich nahm sie nur Autos wahr, die sich *in einiger Entfernung* bewegten. Es war Monate her, dass Bluebell Autos in einiger Entfernung gesehen hatte, und die Entfernung zwischen der Christopher Street und der Hochstraße war genauso groß wie die Entfernung zwischen ihrem alten Rasen in East Hampton und dem alten Anblick des Golfplatzes. Dann geschah alles auf einmal. Ihr Kopf war noch ganz mit dem Geruch frischer Erde angefüllt, und sie sah wieder den altvertrauten Anblick vor sich, und jetzt roch sie den nahen Hudson River. Der Fluss roch zwar nicht wie der Atlantische Ozean, aber Bluebell wusste, dass sie auf ein Gewässer zulief, auf ein großes Gewässer. Vielleicht ging sie ja schwimmen. Ihre Ohren stellten sich auf, sie hatte es eilig und zog an der Leine. Doch als sie um eine weitere Ecke bog, fand sie sich in demselben alten Betonviereck wieder, in dem sie ihren geometrischen Stadthundspaziergang absolvieren musste und wo nur elende Laternenpfähle ihre hungrige Nase foppten. In ihrer Enttäuschung geriet Bluebell ganz außer sich und stürmte blindwütig über den Gehsteig, um einem fünf Pfund schweren Ärgernis zu drohen, einem weißen Zwergpudel, der sie unverschämt ankläffte, auf seinen vier winzigen Pfoten dastand wie ein Held und sie von unten her anfunkelte, bis sie fortgezerrt wurde – siebzig Pfund zürnende Schmach.

Die arme Bluebell. Dass sie sich in ihrem hohen Alter so demütigen lassen muss. Sie würde gern schwimmen gehen und allen zeigen, was sie kann. Sie würde gern schwimmen gehen und allen zeigen, wer sie wirklich ist. Sie würde gern einen Knochen ausgraben. Sie würde gern in einem Auto mitfahren. Sie würde gern die Tür in der West Tenth Street finden. Am liebsten aber möchte sie von zuhause weg. Ja, sie möchte liebend gern von zuhause weg. Genau jetzt marschiert Zuhause hinter ihr her und hält ihre Leine.

Zuhause sagt: »Brave Bluebell. Braver Hund. Was für ein hübscher Spaziergang. Brave Bluebell.«

Die Stimme klingt tröstlich, aber Bluebell hat keine Lust zuzuhören. Bluebell ist es leid, dieses Zuhause, das sie an der Leine führt und sie nirgends hingehen und nichts von dem tun lässt, was sie möchte.

»Brave Bluebell«, sagt Zuhause.

Bluebell läuft allmählich schneller, und jetzt ist es an Zuhause, an der Leine geführt und irgendwohin gezerrt zu werden. Zuhause protestiert verärgert.

»Hör auf, Bluebell«, sagt Zuhause. »Böse Bluebell. Böser Hund. *Böse.*«

Bluebell pfeift darauf. Sie beschleunigt das Tempo.

Zuhause schreit: »*Böse, böse!*«

Bluebell hechelt schwer, und das Kettenhalsband schneidet ihr in die Kehle, trotzdem läuft sie immer schneller. Enttäuschung und Langeweile haben sie in eine Teufelin verwandelt, und sie will nur noch eins: so weit wie möglich weg von Zuhause.

Aber das ist einige Tage her. Heute wird Blue-bell nach Katonah fahren, um Ferien auf dem Land zu machen. Um zwölf Uhr trifft wie versprochen das Auto ein. Wie zu einem gewöhnlichen Spaziergang wird Bluebell an der Leine aus dem Apartmenthaus geführt. Dann aber geht die Autotür auf, und Bluebell springt auf die Rückbank. Sie ist außer sich vor Freude. Sie überschlägt sich fast und versucht, sich auf den Vordersitz fallen zu lassen, doch sobald das Auto losfährt, beruhigt sie sich, bleibt sitzen und schaut durchs Fenster auf die Straßen, die sie hinter sich lässt. Sie zittert vor Glück. Sie gibt keinen Laut von sich, aber ihre Augen glänzen vor Begeisterung über alles, was sie sieht – die Straßen, das Auto, in dem sie fährt, den Fahrer des Autos und Zuhause, das neben ihr auf der Rückbank sitzt. Ja, Bluebell fährt weg von zuhause, und Zuhause fährt mit. Bluebell wendet den Kopf vom Fenster und schaut Zuhause an, das eine Zigarette raucht und lächelt. »Brave Bluebell«, sagt Zuhause, und Bluebell streckt sich auf der Rückbank aus und legt ihren Kopf auf Zuhauses Schoß. »Brave Bluebell«, sagt Zuhause. Bluebell seufzt und schließt halb die Augen. Ihre Zunge fährt heraus, und sie leckt sich die Lefzen. Sie macht es sich bequem für eine lange Reise. Die Räder des Autos drehen und drehen sich, und sie klingen, als könnten sie dies allezeit tun.

DIE KINDER
SIND DA
UND VERSUCHEN,
NICHT
ZU LACHEN

Weit draußen auf Long Island, am Atlantischen Ozean, gibt es einen berühmten Golfplatz, der sich meilenweit entlang der Dünen erstreckt, ja bis dicht an sie heranreicht und sich an einigen Stellen sogar in sie hineinschiebt. Der Golfplatz hat sein eigenes mit einem Turm versehenes Klubhaus, das hoch oben zwischen Ozean und Himmel steht, eine wenig stabile Spielzeugfestung. In einiger Entfernung nach Osten hin, ebenfalls hoch oben auf einer der Dünen, befindet sich der nächste Nachbar des Klubhauses, das Schloss eines Riesen, das zufrieden auf seiner weitläufigen Anhöhe thront und auf die Wellen blickt. Das

Schloss hat weiche, behagliche Konturen, wie ein Lebkuchenhaus. Sein Schindeldach hängt tief über die Mauern herab, und es hat Hunderte von rautengemusterten Sprossenfenstern, die sich ihren dunklen, geheimnistuerischen Schimmer auch dann noch bewahren, wenn drinnen alle Lichter angehen und das Haus, von einem Ende bis zum anderen und vom Dachboden bis in den Keller, zum Leben erwacht, wenn die sieben Kinder, die dort wohnen, alle daheim sind. Die Kinder sind nicht geheimnistuerisch, aber sie sind geheimnisvoll – sieben offene Geheimnisse, die nie enträtselt, entziffert oder beschrieben werden können, ebenso wenig wie man eine Welle in ihrem Lauf vom fernen Horizont zum vertrauten Sandstrand enträtseln, entziffern oder beschreiben oder sie gar wiederfinden könnte, wenn der Sand sie erst einmal aufgenommen hat. Die Kinder sind rastlos und neugierig und unbarmherzig in ihrer Jagd nach Fragen und Antworten, sie reden ununterbrochen, doch sie verändern sich auch von Minute zu Minute. Man sieht, wie in ihren freundlichen, ungeduldigen Augen die Zeit davonrast. *Was? Wo? Wie? Wann? Wer?* Sie stellen Fragen. Und *Warum? Warum? Warum?* Sie stellen noch mehr Fragen. Ebenso gut könnte man versuchen, den Wind mit Nadeln festzustecken, wie versuchen, mit ihnen Schritt zu halten, doch genauso schwierig ist es, zu schweigen und ihnen einfach nur zuzuschauen.

Eines Samstagnachmittags im Januar, es ist viele Jahre her, fing es an zu schneien. Es schneite die ganze Nacht hindurch, dichtes Schneegestöber bis auf ein kurzes Intermezzo mit klarem Mondschein gegen Mitternacht. Der Mond selbst blieb verborgen, sein Licht jedoch floss ruhig in alle Himmelsrichtungen und offenbarte ein unbewohntes Märchenland neben einem flimmernden, wandernden Ozean. Im Mondschein warf die schmale Reihe windgebeugter Bäume, die den Rasen des Riesenschlosses vom Golfplatz trennt, spinnenhafte Schatten, und das Stück Hecke an den Dünen, wo im Sommer rosafarbene und weiße Apfelrosen blühen, nahm sich in der stillen Weite des Schnees wie ein kleines Bündel Finsternis aus. Im Klubhaus mit seinem

Turm brannte nur ein einziges Licht – das Nacht-
licht –, und das Schloss des Riesen lag im Dun-
keln. Die Kinder schliefen, und es war niemand
da, der bemerkt hätte, wie der Mond sein Licht
zurücknahm und es wieder zu schneien begann.
Diesmal hörte das Schneetreiben erst nach Ta-
gesanbruch wieder auf.

Gegen neun Uhr morgens ging die Eingangstür des Riesenschlosses auf, und die sieben
Kinder tasteten sich vorsichtig die breite, schnee-
beladene Steintreppe zwischen den beiden zah-
men steinernen Löwen hinab und jagten über die
unberührte Rasenfläche, die unter ihrer glitzernden weißen Schneedecke noch unermessli-
cher wirkte. Dort im Schnee war die Welt weit
und groß. Die Kinder versuchten, sie auszufül-
len, indem sie einander zuriefen, doch ihre Stimmen klangen dünn und nackt. Dünn und nackt
sahen auch die Bäume aus, obwohl jeder Ast und
jeder Zweig einen Schneepelz trug. Das ver-
schneite Universum hatte etwas Ewiges, als
könnte es für immer so bleiben, wie es war: Meer,
Himmel, Schnee, doch die umherwirbelnden Kin-

der erschienen und verschwanden, erschienen und verschwanden erneut, in einem glitzernden Puzzle aus Händen und Füßen und Gesichtern und Armen und Augen und Beinen und Rümpfen, sie rannten und stürzten und purzelten und kullerten, griffen nach Luft und nach Schnee, jede Bewegung vereinzelt, jäh und unzusammenhängend und doch Teil einer fortlaufenden Bewegung, als spielten sie dieses Spiel schon seit Jahrhunderten. Es war eine chinesische Schlacht, Weiß auf Weiß, im Hintergrund Porzellandünen. Die Kinder waren Schneekinder, bis auf ihre roten Gesichter, ihre dunklen Haare und ihre Schreie, die nicht so wild klangen wie die der Möwen. Sie stoben umher, teilten ihren Rasen in große Rechtecke auf und verwandelten die Rechtecke in einen gepflügten Acker aus Weiß. Der Schnee gab sachte nach, erst hier, dann dort, dann überall, und die Schlacht endete an der Ziellinie, der Auffahrt, die den großen Rasen von einem viel kleineren Rasen trennte, dem bescheidenen Vorgarten eines alleinstehenden gedrungenen Cottage, das sein eigenes Schindeldach und seine eigenen fünf oder sechs Sprossenfenster mit Rautenmuster hatte. Das Cottage ging nach Norden und zeigte dem Ozean die linke Schulter. Der Rasen davor war vollkommen weiß und unberührt, bis auf einen schmalen Graben, der von der Eingangstür diagonal zu den Kiefern führte, dort, wo das Vogelhäuschen stand. Und quer über den Rasen hatten die Fasane ihre Fährten hinterlassen – ein Fries aus Krallen. Und rund um die Stange des Vogelhäuschens, unter der größten Kiefer, hatten Tausende anderer winziger Füßchen den Schnee zu einer großen, flachen irdenen Schale aus Braun, Schwarz und Weiß zerstapft, die mit Samen bestreut war. Die kleine schwarze Katze, die gern unter dem Vogelhäuschen saß, hinaufstarrte und auf eine Gelegenheit zum Mord wartete, die oft wie zur Vergeltung mit Samenkörnern vom Vogelhäuschen flüchtete und dabei böse aus den Augenwinkeln funkelte, heute Morgen war sie nicht an ihrem Platz. Sie schlief irgendwo im Innern des Cottage, wie auch die anderen Katzen, die hier wohnten, ja das Haus selbst schien fest zu schlafen, als hätte der Schnee es für den Tag in Besitz genommen und versiegelt.

Die Kinder überquerten die Auffahrt und blieben stehen, um den kleinen Rasen zu begutachten und sich zu beratschlagen. Zumindest steckten sie die Köpfe zusammen, auch wenn der älteste Junge das Wort führte. Als die Unterredung beendet war, tat er den ersten Schritt. Er trug riesige Stiefel aus mattschwarzem Gummi und setzte den rechten Fuß tief in den frischen Schnee auf dem kleinen Rasen, dann setzte er den linken Fuß fest vor den rechten und rückte auf diese Weise leicht schwankend vor, bis er ein gutes Stück zurückgelegt hatte. Dann drehte er sich behände zum Cottage um, nahm, die Arme an der Hosennaht, Haltung an und ließ sich der Länge nach fallen. Da lag er nun steif auf dem Rücken und rief dem ältesten Mädchen, das als Nächste an der Reihe war, grinsend zu, es ihm nachzutun. Sie, noch wackliger als er, war bereits dabei, in seine Fußstapfen zu treten. Einen Meter von ihm entfernt blieb sie stehen, drehte sich um und ließ sich wie er fallen. Da ihr sein athletisches Selbstvertrauen fehlte, strauchelte sie, doch das Schneebett, das sie sich machte, war genauso ordentlich wie seins, und wie er blieb sie steif liegen. Der zweite Junge folgte und ließ sich seinerseits fallen, und bald lagen alle sieben Kinder in einer Reihe. Sie kicherten vor Aufregung und Verlegenheit und hoben unbeholfen die Köpfe, um zu sehen, ob jemand sie vom Cottage aus beobachtete.

Da ging die Tür des Cottage auf, und eine schwarze Labradorhündin kam herausgestürmt. Sie wirkte freudig erregt, denn ihr Maul stand offen. Das war Bluebell. Sie wurde allmählich alt, trug ihre grauen Haare jedoch recht unbekümmert, und nichts konnte ihre Entschlossenheit trüben, sich dort aufzuhalten, wo Menschen waren. Sie stellte sich neben den ältesten Jungen und blickte gespannt auf die aufgereihten Körper, wedelte mit dem Schwanz und wartete darauf, dass alle aufstanden. Als sie nicht aufstanden, fing sie an, mit ihrer großen rosa Zunge dem ältesten Jungen das Gesicht abzuschlecken. Der älteste Junge jammerte und stöhnte und wand sich, sprengte aber nicht die Form, in der er lag, und so wandte sich Bluebell dem ältesten Mädchen zu, das, während es abgeschleckt wurde, laut kreischte, aber nicht herumzappelte. Der zweite Junge verdrehte die Augen, und als er Bluebells großes Gesicht näherkommen sah, brüllte er wie am Spieß, sprang auf und rannte hinaus auf die Auffahrt, und alle anderen folgten ihm. Doch nicht eine Form wurde gesprengt. Die sieben Formen im Schnee blieben sauber und einwandfrei, und die Kinder standen auf der Auffahrt, schrien vor Lachen und schauten auf den Rasen, den sie erobert hatten, ohne Unfug mit ihm zu treiben. Dann machten sie kehrt und sprinteten über ihren eigenen zerwühlten Rasen. Da es sieben Kinder waren, verwandelte Bluebell sich in sieben Hunde, raste wie eine Besessene zwischen ihnen umher und erschreckte sie alle. Als sie sie lange genug gezwungen hatte, ihr auszuweichen, sauste sie auf das große Haus zu, stürmte die Treppe hinauf und war vor allen anderen an der Tür. Das kleinste Mädchen, das den Spurt über den Rasen begonnen hatte, blieb bald zurück, und so hörte sie auf zu rennen und bummelte sorglos dahin, um zu beweisen, dass sie absichtlich die Letzte war und es nicht eilig hatte, nach Hause zu kommen. Aber obwohl sie sich alle Zeit der Welt ließ, erreichte schließlich auch sie das Haus, stieg die Treppe hinauf und trat ein, und die schwere Eingangstür schloss sich hinter ihr. Das Spiel war aus.

Am folgenden Morgen hatte Tauwetter eingesetzt, und die Umrisse, die die Kinder mit ihren Körpern hinterlassen hatten, begannen zu verwischen. Die Kinder fuhren mit dem Auto zu ihrem Haus in der Stadt und würden, wie sie sagten, erst im Frühjahr wiederkommen. Doch noch bevor sie davonfuhren, lächelnd und winkend, über ihre Abreise ebenso begeistert wie über ihre Ankunft, hatte das Haus ein unnahbares, verwaistes Aussehen angenommen. Der Schnee lag in erbärmlichen nassen Fetzen da. Die Bäume wirkten traurig und einsam, und die Möwen kreisten, stießen herab und schrien, verbittert über die Gleichförmigkeit von allem. »Jedes Jahr«, schrien die Möwen, »*jedes Jahr*«. Am Nachmittag hatte die Landschaft sich in einen Morast verwandelt. Ziellos fiel nasser Schneeregen herab, den ein verwirrter, wütender Wind hin und her wehte. Die schmale Auffahrt führte Wasser wie ein Fluss, und nur die lange, trübe Linie des Horizonts, scharf und gerade wie ein Lineal, ließ das unterschiedliche schieferblaue Dunkel von Himmel und Meer erkennen. Die Umrisse der Kinderkörper sanken langsam ins durchnässte Gras, zeigten aber fast bis zuletzt, dass es sieben Betten verschiedener Länge gegeben hatte. Bis auf ein paar hartnäckig zugefrorene Winkel war der Schnee verschwunden. Die Kinder hatten gerade noch rechtzeitig, aber für immer ihre Spuren hinterlassen. Sie selbst kehrten nie mehr zurück, nicht in Wirklichkeit, nicht so, wie sie gewesen waren, ihre Spuren aber bleiben. In der begrabenen Stätte eines vergangenen Winters gibt es die Spuren noch immer, klar und deutlich im Schnee jenes Jahres – sieben Körper, die vor Leben tobten, sieben Gesichter, sieben Alter, sieben Gewichte und sieben Maße. Die Kinder sind da und versuchen, nicht zu lachen. Wenn man die Geduld hat, Ausschau nach ihnen zu halten, kann man sie sehen. Man muss warten, bis Schnee fällt, und dann braucht man nur noch darauf zu warten, dass der Schnee liegen bleibt.

.

EIN

TAGTRAUM

Dies ist ein Tagtraum. Am Strand von East Hampton, wo ich mehrere Jahre gewohnt habe, liege ich gleich unterhalb der Dünen im Sand. Es ist ein warmer, sonnenloser Tag, vom Ozean weht eine kühle Brise. Meine Augen sind geschlossen. Ich mag den Strand, und ich mag den Sand. Zwischen mir und dem Sand liegt ein großes türkisches Badetuch, und ich bin ganz allein. Die Katzen und mein Hund Bluebell waren mitgegangen, aber zwei der Katzen hatten sich weiter vorn, am ummauerten Rosengarten, abgesetzt, und die anderen drei halten sich im hohen Dünengras genau über mir versteckt. Bluebell tollt unten am Wasser umher. Bluebell ist eine schwarze Labradorhündin. Sie schwimmt und wälzt sich im Wasser und hält Ausschau nach einer Möwe, mit der sie spielen könnte, doch die Möwen fliegen kreischend davon, empört über ihren Anblick. Ich werde nicht mehr lange bleiben. In ein paar Minuten werde ich aufstehen und mich auf den Heimweg machen – ein fünfminütiger Gang durch Dünen und Gräser, zwischen Bäumen hindurch und über den breiten, abschüssigen Rasen, der zu dem großen Haus führt, wo sich der ummauerte Rosengarten befindet. Ich wohne am Ende des Rasens. Ich werde nur noch einen Augenblick liegen bleiben, dann werde ich zurückgehen.

Aber ich habe die Augen zu plötzlich aufgeschlagen, ohne jeden ersichtlichen Grund, und der Strand von East Hampton ist verschwunden, mitsamt Bluebell und den Katzen, die alle schon seit Jahren tot sind. In Wirklichkeit ist das türkische Badetuch die weiße Pikeedecke, auf der ich liege, und die kühle Ozeanbrise rührt von der verflixten Klimaanlage. Draußen sind es vierunddreißig Grad – ein schrecklicher Tag in New York City. Von wegen Sand und Meer und Rosen! Ein Tagtraum! Und der Tagtraum war im Grunde nur ein milder Anfall von Heimweh. Dass es nur ein milder Anfall war statt eines heftigen, liegt daran, dass es eine ganze Reihe von Orten gibt, nach denen ich Heimweh verspüre. East Hampton ist nur einer davon.

Editorische Notiz

Die in diesem Band versammelten Texte sind in der Reihen-
folge ihrer Erstveröffentlichung in der Zeitschrift *The New
Yorker* angeordnet:

»A Large Bee« (»Eine große Biene«)
18. August 1962

»The Children Are Very Quiet When They Are Away«
(»Die Kinder sind sehr leise, wenn sie fort sind«)
19. Januar 1963

»In and Out of Never-Never Land«
(»Kommen und Gehen in Nimmernimmerland«)
6. Juli 1963

»The Door on West Tenth Street«
(»Die Tür in der West Tenth Street«)
7. Oktober 1967

»The Children Are There, Trying Not to Laugh«
(»Die Kinder sind da und versuchen, nicht zu lachen«)
13. Januar 1968

»A Daydream«
(»Ein Tagtraum«)
20. September 1976

Titel der amerikanischen Originalausgabe:
The Rose Garden. Short Stories, erschienen bei
Counterpoint, Washington, D.C. 2000
© 2000 by The Estate of Maeve Brennan

Bei der hier vorliegenden deutschen Übersetzung
handelt es sich um eine Auswahl von Erzählungen
aus dem angegebenen Band.

Das Zitat von Samuel Butler ist seinem Roman
Erewhon oder Jenseits der Berge, aus dem Englischen von
Fritz Güttinger und mit einem Nachwort von
Bernd Gräfrath, Frankfurt/Main: Eichborn, 1994
(Die Andere Bibliothek, Bd. 120) entnommen.

Steidl Verlag, Düstere Straße 4, D-37073 Göttingen
www.steidl.de

1. Auflage 2013
© Copyright für die deutsche Ausgabe:
Steidl Verlag, Göttingen 2013
Alle deutschen Rechte vorbehalten
Lektorat: Claudia Glenewinkel
Buch- und Umschlaggestaltung: Steidl Design / Sarah Winter
unter Verwendung eines Fotos von Stefanie Timmermann
© für das Foto: Stefanie Timmermann / Getty Images
Satz, Druck, Bindung:
Steidl, Düstere Straße 4, D-37073 Göttingen
Printed in Germany
ISBN 978-3-86930-664-3